O MANDARIM

Eça de Queirós

O MANDARIM
2ª edição

PAZ E TERRA
Coleção Leitura

© Editora Paz e Terra, 1996

Edição de texto: Thaís Nicolete de Camargo
Produção gráfica: Katia Halbe
Capa: Isabel Carballo

Dados Internacionais de Catalogação na Publicação (CIP)
(Câmara Brasileira do Livro, SP, Brasil)

Queirós, Eça de,
O Mandarim / Eça de Queirós. — Rio de
Janeiro : Paz e Terra, 1996. — (Coleção Leitura)

ISBN 85-219-0221-2

1. Literatura portuguesa. I. Título. II. Série.

96-2070   CDD-869.1

Índices para catálogo sistemático:
1. Poesia: Literatura portuguesa 869.1

EDITORA PAZ E TERRA S/A
Rua do Triunfo, 177
Santa Efigênia, São Paulo, SP — CEP 01212-010
Tel.: (011) 3337-8399
e-mail: vendas@pazeterra.com.br
Home page: www.pazeterra.com.br

2004
Impresso no Brasil / *Printed in Brazil*

ÍNDICE

Prólogo 7

I 9

II 23

III 31

IV 45

V 63

VI 71

VII 79

VIII 93

PRÓLOGO

1º AMIGO
*(bebendo conhaque e soda, debaixo de árvores, num terraço,
à beira de água)*
Camarada, por estes calores do Estio, que embotam a ponta
da sagacidade, repousemos do áspero estudo da Realidade
humana... Partamos para os campos do Sonho, vaguear por
essas azuladas colinas românticas onde se ergue a torre abandonada do Sobrenatural, e musgos frescos recobrem as ruínas
do Idealismo... Façamos fantasia!...

2º AMIGO
Mas sobriamente, camarada, parcamente!... E como nas
sábias e amáveis alegorias da Renascença, misturando-lhe sempre uma Moralidade discreta...

(comédia inédita)

I

Eu chamo-me Teodoro — e fui amanuense do Ministério do Reino. Nesse tempo vivia eu à Travessa da Conceição nº 106, na casa de hóspedes da D. Augusta, a esplêndida D. Augusta, viúva do major Marques. Tinha dois companheiros: o Cabrita, empregado na Administração do bairro central, esguio e amarelo como uma tocha de enterro; e o possante, o exuberante tenente Couceiro, grande tocador de viola francesa.

A minha existência era bem equilibrada e suave. Toda a semana, de mangas de lustrina à carteira da minha repartição, ia lançando, numa formosa letra cursiva, sobre o papel tojal do Estado, estas frases fáceis: *Ilmo. e Exmo Sr. — Tenho a honra de comunicar a V. Exa... Tenho a honra de passar às mãos de V. Exa., Ilmo. e Exmo. Sr..."*

Aos domingos repousava; instalava-me então no canapé da sala de jantar, de cachimbo nos dentes, e admirava a D. Augusta, que, em dias de missa, costumava limpar com clara de ovo a caspa do tenente Couceiro. Esta hora, sobretudo no Verão, era deliciosa; pelas janelas meio cerradas penetrava o bafo da soalheira, algum repique distante dos sinos da Conceição Nova e o arrulhar das rolas na varanda; a monótona sussurração das moscas balançava-se sobre a velha cambraia, antigo véu nupcial da Madame Marques, que cobria agora no aparador os pratos de cerejas bicais; pouco a pouco o tenente, envolvido num lençol como um ídolo no seu manto, ia adormecendo, sob a fricção mole das carinhosas mãos da D. Augusta; e ela arrebitando o dedo mínimo branquinho e papudo, sulcava-lhe as repas lustrosas com o pentezinho dos bichos... Eu então, enternecido, dizia à deleitosa senhora:

— Ai D. Augusta, que anjo que é!

Ela ria; chamava-me *enguiço*! Eu sorria, sem me escandalizar. *Enguiço*! era com efeito o nome que me davam na casa — por eu ser magro, entrar sempre as portas com o pé direito, tremer de ratos, ter à cabeceira da cama uma litografia de Nossa Senhora das Dores que pertencera à mamã, e corcovar. Infelizmente corcovo — do muito que verguei o espinhaço, na universidade, recuando como uma pega assustada diante dos Senhores Lentes; na repartição, dobrando a fronte ao pó perante os meus diretores-gerais. Esta atitude de resto convém ao bacharel; ela mantém a disciplina num estado bem organizado; e a mim garantia-me a tranqüilidade dos domingos, o uso de alguma roupa branca, e vinte mil-réis mensais.

Não posso negar, porém, que nesse tempo eu era ambicioso — como o reconheciam sagazmente a Madame Marques e o lépido Couceiro. Não que me revolvesse o peito o apetite heróico de dirigir, do alto dum trono, vastos rebanhos humanos; não que a minha louca alma jamais aspirasse a rodar pela Baixa em trem da Companhia, seguida dum correio choutando — mas pungia-me o desejo de poder jantar no Hotel Central com champanhe, apertar a mão mimosa de viscondessas, e, pelo menos duas vezes por semana, adormecer, num êxtase mudo, sobre o seio fresco de Vênus. Oh! moços que vos dirigíeis vivamente a S. Carlos, atabafados em paletós caros onde alvejava a gravata de *soirée*! Oh! tipóias apinhadas de andaluzas, batendo galhardamente para os touros — quantas vezes me fizestes suspirar! Porque a certeza de que os meus vinte mil-réis por mês e o meu jeito encolhido de enguiço, me excluíam para sempre dessas alegrias sociais, vinha-me então ferir o peito — como uma flecha que se crava num tronco, e fica muito tempo vibrando!

Ainda assim, eu não me considerava sombriamente um "pária". A vida humilde tem doçuras; é grato, numa manhã de sol alegre, com o guardanapo ao pescoço, diante do bife de grelha, desdobrar o *Diário de Notícias*; pelas tardes de Verão, nos bancos gratuitos do Passeio, gozam-se suavidades de idílio; é saboroso à noite no Martinho, sorvendo aos goles um café, ouvir os verbosos injuriar a pátria... Depois, nunca fui excessivamente infeliz — porque não tenho imaginação, não me consumia, rondando e almejando em torno de paraísos fictícios, nascidos da minha própria alma desejosa como nuvens da evaporação dum lago; não suspirava, olhando as lúcidas estrelas, por um amor à Romeu ou por uma glória social à Camors. Sou um positivo. Só aspirava ao racional, ao tangível, ao que já fora alcançado por outros no meu bairro, ao que é acessível ao bacharel. E ia-me resignando, como quem a uma *table d'hôte* mastiga a bucha de pão seco à espera que lhe chegue o prato rico da *Charlotte russe*. As felicidades haviam de vir; e para as apressar eu fazia tudo o que devia como português e como constitucional — pedia-as todas as noites a Nossa Senhora das Dores, e comprava décimos da loteria.

No entanto procurava distrair-me. E como as circunvoluções do meu cérebro me não habilitavam a compor odes, à maneira de tantos outros ao meu lado que se desforravam assim do tédio da profissão; como o meu ordenado, paga a casa e o tabaco, me não permitia um vício — tinha tomado o hábito discreto de comprar na feira da Ladra antigos volumes desirmanados, e à noite, no meu quarto, repastava-me dessas leituras curiosas. Eram sempre obras de títulos ponderosos: *Galera da Inocência, Espelho Milagroso, Tristeza dos Mal Deserdados...* O tipo venerando, o papel amarelado com picadas de traça, a grave encadernação freirática, a fitinha verde marcando a página — encantavam-me! Depois, aqueles dizeres ingênuos em letra gorda davam uma pacificação a todo o meu ser, sensação comparável à paz penetrante de uma velha cerca de mosteiro, na quebrada de um vale, por um fim suave de tarde, ouvindo o correr da água triste...

Uma noite, há anos, eu começara a ler, num desses infólios vetustos, um capítulo intitulado "Brecha das Almas"; e ia caindo numa sonolência grata, quando este período singular se me destacou do tom neutro e apagado da página, com o relevo duma medalha de ouro nova brilhando sobre um tapete escuro: copio textualmente:

"No fundo da China existe um mandarim mais rico de que todos os reis de que a Fábula ou a História contam. Dele nada conheces, nem o nome, nem o semblante, nem a seda de que se veste. Para que tu herdes os seus cabedais infindáveis, basta que toques essa campainha, posta a teu lado, sobre um livro. Ele soltará apenas um suspiro, nesses confins da Mongólia. Será então um cadáver: e tu verás a teus pés mais ouro do que pode sonhar a ambição dum avaro. Tu, que me lês e és um homem mortal, tocarás tu a campainha?"

Estaquei, assombrado, diante da página aberta; aquela interrogação "homem mortal, tocarás tu a campainha?" parecia-me faceta, picaresca, e todavia perturbava-me prodigiosamente. Quis ler mais; mas as linhas fugiam, ondeando como cobras assustadas, e no vazio que deixavam, duma lividez de pergaminho, lá ficava, rebrilhando em negro a interpelação estranha — "tocarás tu a campainha?".

Se o volume fosse de uma honesta edição Michel-Levy, de capa amarela, eu, que por fim não me achava perdido numa floresta de balada alemã, e podia da minha sacada ver branquejar à luz do gás o correame da patrulha — teria simplesmente fechado o livro, e estava dissipada a alucinação nervosa. Mas aquele sombrio in-fólio parecia exalar magia; cada letra afetava a inquietadora configuração desses sinais da velha cabala, que encerram um atributo fatídico; as vírgulas tinham o retorcido petulante de rabos de diabinhos, entrevistos numa alvura de luar; no ponto de interrogação final eu via o pavoroso gancho com que o Tentador vai fisgando as almas que adormeceram sem se refugiar na inviolável cidadela da Oração!... Uma influência sobrenatural apoderando-se de mim, arrebatava-me devagar para fora da realidade, do raciocínio; e no meu espírito foram-se formando duas visões — dum lado um mandarim decrépito, morrendo sem dor, longe, num quiosque chinês, a um tlintlim de campainha; do outro toda uma montanha de ouro cintilando aos meus pés! Isto era tão nítido, que eu via os olhos oblíquos do velho personagem embaciarem-se, como cobertos duma tênue camada de pó; e sentia o fino tinir de libras rolando juntas. E imóvel, arrepiado, cravava os olhos ardentes na campainha, pousada pacatamente diante de mim sobre um dicionário francês — a campainha prevista, citada no mirífico in-fólio...

Foi então que, do outro lado da mesa, uma voz insinuante e metálica me disse, no silêncio:

— Vamos, Teodoro, meu amigo, estenda a mão, toque a campainha, seja um forte!

O *abat-jour* verde da vela punha uma penumbra em redor. Ergui-o, a tremer. E vi, muito pacificamente sentado, um indivíduo corpulento, todo vestido de preto, de chapéu alto, com as duas mãos calçadas de luvas negras gravemente apoiadas ao cabo de um guarda-chuva. Não tinha nada de fantástico. Parecia tão contemporâneo, tão regular, tão classe média como se viesse da minha repartição...

Toda a sua originalidade estava no rosto, sem barba, de linhas fortes e duras; o nariz brusco, de um aquilino formidável, apresentava a expressão rapace e atacante de um bico de águia; o corte dos lábios, muito firme, fazia-lhe como uma boca de bronze; os olhos, ao fixar-se, assemelhavam dois clarões de tiro, partindo subitamente de entre as sarças tenebrosas das sobrancelhas unidas; era lívido — mas, aqui e além na pele, corriam-lhe raiações sanguíneas como num velho mármore fenício.

Veio-me à idéia de repente que tinha diante de mim o Diabo, mas logo todo o meu raciocínio se insurgiu resolutamente contra esta imaginação. Eu nunca acreditei no Diabo — como nunca acreditei em Deus. Jamais o disse alto, ou o escrevi nas gazetas, para não descontentar os poderes públicos, encarregados de manter o respeito por tais entidades; mas que existam estes dois personagens, velhos como a Substância, rivais bonacheirões, fazendo-se mutuamente pirraças amáveis — um de barbas nevadas e túnica azul, na *toilette* do antigo Jove, habitando os altos luminosos, entre uma corte mais complicada que a de Luís XIV; e o outro enfarruscado e manhoso, ornado de cornos, vivendo nas chamas inferiores, numa imitação burguesa do pitoresco Plutão — não acredito. Não, não acredito! Céu e Inferno são concepções sociais para uso da plebe — e eu pertenço à classe média. Rezo, é verdade, a Nossa Senhora das Dores; porque, assim como pedi o favor do senhor doutor, para passar no meu ato; assim como, para obter os meus vinte mil-réis, implorei a benevolência do senhor deputado; igualmente para me subtrair à tísica, à angina, à navalha de ponta, à febre que vem da sarjeta, à casca da laranja escorregadia onde se quebra a perna, a outros males públicos, necessito ter uma proteção extra-humana. Ou pelo rapapé ou pelo incensador, o homem prudente deve ir fazendo assim uma série de sábias adulações, desde a Arcada até ao Paraíso. Com um compadre no bairro, e uma comadre mística nas alturas — o destino do bacharel está seguro.

Por isso, livre de torpes superstições, disse familiarmente ao indivíduo vestido de negro:

— Então, realmente, aconselha-me que toque a campainha?

Ele ergueu um pouco o chapéu, descobrindo a fronte estreita, enfeitada de uma gaforinha crespa e negrejante como a do fabuloso Alcides, e respondeu, palavra a palavra:

— Aqui está o seu caso, estimável Teodoro. Vinte mil-réis mensais são uma vergonha social! Por outro lado, há sobre este globo coisas prodigiosas; há vinhos de Borgonha, como por exemplo o *Romanée-Conti* de 58 e o *Chambertin* de 61, que custam, cada garrafa, de dez a onze mil-réis; e quem bebe o primeiro cálice, não hesitará, para beber o segundo, em assassinar seu pai... Fabricam-se em Paris e em Londres carruagens de tão suaves molas, de tão mimosos estofos, que é preferível percorrer nelas o Campo Grande, a viajar, como os antigos deuses, pelos Céus, sobre os fofos coxins das nuvens... Não farei à sua instrução a ofensa de o informar que se mobilam hoje casas, de um estilo e de um conforto, que são elas que realizam superiormente esse regalo fictício, chamado outrora a "Bem-Aventurança". Não lhe falarei, Teodoro, de outros gozos terrestres; como, por exemplo, o teatro *do Palais Royal,* o *Baile Laborde,* o *Café Anglais...* Só chamarei a sua atenção para este fato: existem seres que se chamam mulheres — diferentes daqueles que conhece, e que se denominam fêmeas. Estes seres, Teodoro, no meu tempo, a página 3 da Bíblia, apenas usavam exteriormente uma *folha de vinha.* Hoje, Teodoro, é toda uma sinfonia, todo um engenhoso e delicado poema de rendas, *baptistes,* cetins, flores, jóias, caxemiras, gazes e veludos... Compreende a satisfação inenarrável que haverá, para os cinco dedos de um cristão, em percorrer, palpar estas maravilhas macias — mas também percebe que não é com o troco de uma placa honesta de cinco tostões que se pagam as contas destes querubins... Mas elas possuem melhor, Teodoro: são os cabelos cor do ouro ou cor da treva, tendo assim nas suas tranças a aparência emblemática das duas grandes tentações humanas — a fome do metal precioso e o conhecimento do absoluto transcendente. E ainda têm mais: são os braços cor de mármore, de uma frescura de lírio orvalhado; são os seios, sobre os quais o grande Praxíteles modelou a sua taça, que é a linha mais pura e mais ideal da Antiguidade... Os seios, outrora (na idéia desse ingênuo Ancião que os formou, que fabricou o mundo, e de quem uma inimizade secular me veda de pronunciar o nome), eram destinados à nutrição augusta da humanidade; sossegue porém, Teodoro; hoje nenhuma mamã racional os expõe a essa função deterioradora e severa; servem só para resplandecer, aninhados em rendas, ao gás das *soirées* — e para outros usos secretos. As conveniências impedem-me de prosseguir nesta exposição radiosa das belezas, que constituem o *Fatal Feminino*... De resto as suas pupilas já rebrilham... Ora todas estas coisas, Teodoro, estão para além, infinitamente para além dos seus vinte mil-réis por mês... Confesse, ao menos, que estas palavras têm o venerável selo da verdade!...

Eu murmurei, com as faces abrasadas:

— Têm.

E a sua voz prosseguiu, paciente e suave:

— Que me diz a cento e cinco, ou cento e seis mil contos? Bem sei, é uma bagatela... Mas enfim, constituem um começo; são uma ligeira habilitação para conquistar a felicidade. Agora pondere estes fatos: o mandarim, esse mandarim do fundo da China, está decrépito e está gotoso; como homem, como funcionário do Celeste Império, é mais inútil em Pequim e na humanidade, que um seixo na boca de um cão esfomeado. Mas a transformação da substância existe; garanto-lha eu, que sei o segredo das coisas... Porque a terra é assim: recolhe aqui um homem apodrecido, e restitui-o além ao conjunto das formas como vegetal viçoso. Bem pode ser que ele, inútil como mandarim no Império do Meio, vá ser útil noutra terra como rosa perfumada ou saboroso repolho. Matar, meu filho, é quase sempre equilibrar as necessidades universais. É eliminar aqui a excrescência para ir além suprir a falta. Penetre-se destas sólidas filosofias. Uma pobre costureira de Londres anseia por ver florir, na sua trepadeira, um vaso cheio de terra negra; uma flor consolaria aquela deserdada; mas na disposição dos seres, infelizmente, nesse momento, a substância que lá devia ser rosa é aqui na Baixa homem de

Estado... Vem então o fadista de navalha aberta, e fende o estadista; o enxurro leva-lhe os intestinos; enterram-no, com tipóias atrás; a matéria começa a desorganizar-se, mistura-se à vasta evolução dos átomos — e o supérfluo homem de governo vai alegrar, sob a forma de amor-perfeito, a água-furtada da loura costureira. O assassino é um filantropo! Deixe-me resumir, Teodoro: a morte desse velho mandarim idiota traz-lhe à algibeira alguns milhares de contos. Pode desde esse momento dar pontapés nos poderes Públicos, medite na intensidade deste gozo! É desde logo citado nos jornais, reveja-se nesse máximo da glória humana! E agora note: é só agarrar a campainha, e fazer tlintlim. Eu não sou um bárbaro; compreendo a repugnância dum *gentleman* em assassinar um contemporâneo; o espirrar do sangue suja vergonhosamente os punhos, e é repulsivo o agonizar de um corpo humano. Mas aqui, nenhum desses espetáculos torpes... É como quem chama um criado... E são cento e cinco ou cento e seis mil contos; não me lembro, mas tenho-o nos meus apontamentos... O Teodoro não duvida de mim. Sou um cavalheiro — provei-o, quando, fazendo a guerra a um tirano na primeira insurreição da Justiça, me vi precipitado de alturas que nem Vossa Senhoria concebe... Um trambolhão considerável, meu caro senhor! Grandes desgostos! O que me consola é que o OUTRO está também muito abalado, porque, meu amigo, quando um Jeová tem apenas contra si um Satanás, tira-se bem de dificuldades mandando carregar mais uma legião de arcanjos; mas quando o inimigo é um homem, armado de uma pena de pato e de um caderno de papel branco — está perdido... Enfim... são cento e seis mil contos. Vamos, Teodoro, aí tem a campainha, seja um homem.

Eu sei o que deve a si mesmo um cristão. Se este personagem me tivesse levado ao cume de uma montanha na Palestina, por uma noite de Lua-cheia, e aí, mostrando-me cidades, raças e impérios adormecidos, sombriamente me dissesse: — "Mata o mandarim, e tudo o que vês em vale e colina será teu" — eu saberia replicar-lhe, seguindo um exemplo ilustre, e erguendo o dedo às profundidades consteladas: — "O meu reino não é deste mundo!" Eu conheço os meus autores. Mas eram cento e tantos mil contos, oferecidos à luz de uma vela de estearina, na Travessa da Conceição, por um sujeito de chapéu alto, apoiado a um guarda-chuva...

Então não hesitei. E, de mão firme, repeniquei a campainha. Foi talvez uma ilusão; mas pareceu-me que um sino, de boca tão vasta como o mesmo céu, badalava na escuridão, através do Universo, num tom temeroso que decerto foi acordar sóis que faziam né-né e planetas pançudos ressonando sobre os seus eixos...

O indivíduo levou um dedo à pálpebra, e limpando a lágrima que enevoara um instante o seu olho rutilante:

— Pobre Ti-Chin-Fu!...

— Morreu?

— Estava no seu jardim, sossegado, armando, para o lançar ao ar, um papagaio de papel, no passatempo honesto de um mandarim retirado — quando o surpreendeu este tlintlim da campainha. Agora jaz à beira de um arroio cantante, todo vestido de seda amarela, morto, de pança ao ar, sobre a relva verde; e nos braços frios tem o seu papagaio de papel, que parece tão morto como ele. Amanhã são os funerais. Que a sabedoria de Confúcio, penetrando-o, ajude a bem emigrar a sua alma!

E o sujeito, erguendo-se, tirou respeitosamente o chapéu, saiu, com o seu guarda-chuva debaixo do braço.

Então, ao sentir bater a porta, afigurou-se-me que emergia de um pesadelo. Saltei ao corredor. Uma voz jovial falava com a Madame Marques; e a cancela da escada cerrou-se sutilmente.

— Quem é que saiu agora, ó D. Augusta? — perguntei, num suor.

— Foi o Cabritinha que vai um bocadinho à batota...

Voltei ao quarto; tudo lá repousava tranqüilo, idêntico, real. O in-fólio ainda estava aberto na página temerosa. Relia; agora parecia-me apenas a prosa antiquada de um moralista caturra; cada palavra se tornara como um carvão apagado...

Deitei-me — e sonhei que estava longe, para além de Pequim, nas fronteiras da Tartária, no quiosque de um convento de lamas, ouvindo máximas prudentes e suaves que escorriam, com um aroma fino de chá, dos lábios de um Buda vivo.

II

Decorreu um mês.

Eu, no entanto, rotineiro e triste, lá ia pondo o meu cursivo ao serviço dos poderes públicos, e admirando aos domingos a perícia tocante com que a D. Augusta lavava a caspa do Couceiro. Era agora evidente para mim que, nessa noite, eu adormecera sobre o in-fólio, e sonhara com uma "Tentação da Montanha" sob formas familiares. Instintivamente, porém, comecei a preocupar-me com a China. Ia ler os telegramas à Havanesa; e o que o meu interesse lá buscava, eram sempre as notícias do Império do Meio; parece porém que, a esse tempo, nada se passava na região das raças amarelas... *A Agência Havas* só tagarelava sobre a Herzegovina, a Bósnia, a Bulgária e outras curiosidades bárbaras...

Pouco a pouco fui esquecendo o meu episódio fantasmagórico; e ao mesmo tempo, como gradualmente o meu espírito resserenava, voltaram de novo a mover-se as antigas ambições que lá habitavam — um ordenado de diretor-geral, um seio amoroso de Lola, bifes mais tenros que os da D. Augusta. Mas tais regalos pareciam-me tão inacessíveis, tão nascidos dos sonhos — como os próprios milhões do mandarim. E pelo monótono deserto da vida, lá foi seguindo, lá foi marchando a lenta caravana das minhas melancolias...

Um domingo de Agosto, de manhã, estirado na cama em mangas de camisa, eu dormitava, com o cigarro apagado no lábio — quando a porta rangeu devagarinho e entreabrindo a pálpebra dormente, vi curvar-se ao meu lado uma calva respeitosa. E logo uma voz perturbada murmurou:

— O Sr. Teodoro?... O Sr. Teodoro do Ministério do Reino?...

Ergui-me lentamente sobre o cotovelo e respondi, num bocejo:

— Sou eu, cavalheiro.

O indivíduo recurvou o espinhaço; assim na presença augusta de El-Rei Bobeche se arqueia o cortesão... Era pequenino e obeso; a ponta das suíças brancas roçava-lhe as lapelas do fraque de alpaca; veneráveis óculos de ouro reluziam na sua face bochechuda, que pareciam uma próspera personificação da Ordem; e todo ele tremia desde a calva lustrosa até aos botins de bezerro. Pigarreou, cuspilhou, balbuciou:

— São notícias para vossa senhoria! Consideráveis notícias! O meu nome é Silvestre... Silvestre, Juliano & Cia... Um serviçal criado de Vossa Excelência... Chegaram justamente pelo paquete de Southampton... Nós somos correspondentes de Brito, Alves & Cia., de Macau... Correspondentes de Craig and Cia., de Hong Kong... As letras vêm de Hong Kong...

O sujeito engasgava-se; e a sua mão gordinha agitava em tremuras um envelope repleto, com um selo de lacre negro.

— Vossa Excelência — prosseguiu — estava decerto prevenido... Nós é que o não estávamos... A atrapalhação é natural... O que esperamos é que Vossa Excelência nos conserve a sua benevolência... Nós sempre respeitamos muito o caráter de Vossa Excelência... Vossa Excelência é nesta terra uma flor de virtude, e espelho de bons! Aqui estão os primeiros saques sobre Bhering and Brothers, de Londres... Letras a trinta dias sobre Rothschild...

A este nome, ressoante como o mesmo ouro, saltei vorazmente do leito:

— O que é isso, senhor? — gritei.

E ele, gritando mais, brandindo o envelope, todo alçado no bico dos botins:

— São cento e seis mil contos, senhor! Cento e seis mil contos sobre Londres, Paris, Hamburgo e Amsterdã, sacados a seu favor, Excelentíssimo Senhor!... A seu favor, Excelentíssimo Senhor! Pelas casas de Hong Kong, de Xangai e de Cantão, da herança depositada do mandarim Ti-Chi-Fu!

Senti tremer o Globo sob os meu pés — e cerrei um momento os olhos. Mas compreendi, num relance, que eu era, desde essa hora, como uma encarnação do Sobrenatural, recebendo dele a minha força e possuindo os seus atributos: Não podia comportar-me como um homem, nem desconsiderar-me em expansões humanas. Até, para não quebrar a linha hierática — abstive-me de ir soluçar, como mo pedia a alma, sobre o vasto seio da Madame Marques.

De ora em diante cabia-me a impassibilidade de um deus — ou de um demônio; dei, com naturalidade, um puxão às calças, e disse a Silvestre, Juliano & Cia. estas palavras:

— Está bem! O mandarim... esse mandarim que disse, portou-se com cavalheirismo. Eu sei do que se trata; é uma questão de família. Deixe aí os papéis... Bons-dias.

Silvestre, Juliano & Cia. retirou-se, às arrecuas, de dorso vergado e fronte voltada ao chão.

Eu então fui abrir, toda larga, a janela; e, dobrando para trás a cabeça, respirei o ar cálido, consoladamente, como uma corça cansada...

Depois olhei para baixo, para a rua, onde toda uma burguesia se escoava, numa pacata saída de missa, entre duas filas de trens. Fixei, aqui e além, inconscientemente, algumas cuias de senhoras, alguns metais brilhantes de arreios. E de repente veio-me esta idéia, esta triunfante certeza — que todas aquelas tipóias as podia eu tomar à hora ou ao ano! Que nenhuma das mulheres que via deixaria de me oferecer o seu seio nu a um aceno do meu desejo! Que todos esses homens, de sobrecasaca de domingo, se prostrariam diante de mim como diante de um Cristo, de um Maomé ou de um Buda, se eu lhes sacudisse junto à face cento e seis mil contos sobre as praças da Europa!...

Apoiei-me à varanda; e ri, com tédio, vendo a agitação efêmera daquela humanidade subalterna — que se considerava livre e forte, enquanto por cima, numa sacada de quarto andar, eu tinha na mão, num envelope lacrado de negro, o princípio mesmo da sua fraqueza e da sua escravidão! Então, satisfações do Luxo, regalos do Amor, orgulhos do Poder, tudo gozei, pela imaginação, num instante, e de um só sorvo. Mas logo uma grande saciedade me foi invadindo a alma; e, sentindo o mundo aos meus pés — bocejei como um leão farto.

De que me serviam por fim tantos milhões senão para me trazerem, dia-a-dia, a afirmação desoladora da vileza humana?... E assim, ao choque de tanto ouro, ia desaparecer a meus olhos, como um fumo, a beleza moral do Universo! Tomou-me uma tristeza mística. Abati-me sobre uma cadeira; e, com a face entre as mãos, chorei abundantemente.

Daí a pouco a Madame Marques abria a porta, toda vistosa nas suas sedas pretas.

— Está-se à sua espera para jantar, enguiço!

Emergi da minha amargura para lhe responder secamente:

— Não janto!

— Mas fica!

Nesse momento estalavam foguetes ao longe. Lembrei-me de que era domingo, dia de touros; de repente uma visão rebrilhou, flamejou, atraindo-me deliciosamente — era a tourada vista de um camarote; depois um jantar com champanhe; à noite a orgia, como uma iniciação! Corri à mesa. Atulhei as algibeiras de letras sobre Londres. Desci à rua com um furor de abutre fendendo o ar contra a presa. Uma caleche passava, vazia. Detive-a, berrei:

— Aos touros!

— São dez tostões, meu amo!

Encarei com repulsão aquele reles pedaço de matéria organizada — que falava em placas de prata a um colosso de ouro! Enterrei a mão na algibeira ajoujada de milhões e tirei o meu metal: tinha setecentos e vinte!

O cocheiro bateu a anca da égua e seguiu, resmungando. Eu balbuciei:

— Mas tenho letras!... Aqui estão! Sobre Londres! Sobre Hamburgo!....

— Não pega.

Setecentos e vinte!... E touros, jantar de lorde, andaluzas nuas, todo esse sonho expirou como uma bola de sabão que bate a ponta de um prego.

Odiei a Humanidade, abominei o Numerário. Outra tipóia, lançada a trote, apinhada de gente festiva, quase me atropelou naquela abstração em que eu ficara com os meus setecentos e vinte na palma da mão suada.

Cabisbaixo, enchumaçado de milhões sobre Rothschild, voltei ao meu quarto andar; humilhei-me à Madame Marques, aceitei-lhe o bife córneo; e passei essa primeira noite de riqueza bocejando sobre o leito solitário — enquanto fora o alegre Couceiro, o mesquinho tenente de quinze mil-réis de soldo, ria com a D. Augusta, repenicando à viola *o Fado da Cotovia*.

Foi só na manhã seguinte, ao fazer a barba, que refleti sobre a origem dos meus milhões. Ela era evidentemente sobrenatural e suspeita.

Mas como o meu racionalismo me impedia de atribuir estes tesouros imprevistos à generosidade caprichosa de Deus ou do Diabo, ficções puramente escolásticas; como os fragmentos de positivismo, que constituem o fundo da minha filosofia, não me permitiam a indagação das *causas primárias, das origens essenciais* — bem depressa me decidi a aceitar secamente este fenômeno e a utilizá-lo com largueza. Portanto corri de quinzena ao vento para o *London and Brazilian Bank...*

Aí, arremessei para cima do balcão um papel sobre o *Banco de Inglaterra* de mil libras, e soltei esta deliciosa palavra:

— Ouro!

Um caixeiro sugeriu-me com doçura:

— Talvez lhe fosse mais cômodo em notas...

Repeti secamente:

— Ouro!

Atulhei as algibeiras, devagar aos punhados; e na rua, ajoujado, icei-me para uma caleche. Sentia-me gordo, sentia-me obeso; tinha na boca um sabor de ouro, uma secura de pó de ouro na pele das mãos; as paredes das casas pareciam-me faiscar como longas lâminas de ouro; e dentro do cérebro ia-me um rumor surdo onde retilintavam metais — como o movimento de um oceano que nas vagas rolasse barras de ouro.

Abandonando-me à oscilação das molas, rebolante como um odre mal firme, deixava cair sobre a rua, sobre a gente, o olhar turvo e tedioso do ser repleto. Enfim, atirando o chapéu para a nuca, estirando a perna, empinando o ventre, arrotei formidavelmente de flatulência ricaça...

Muito tempo rolei assim pela cidade, bestializado num gozo de nababo.

Subitamente um brusco apetite de gastar, de dissipar ouro, veio-me enfunar o peito como uma rajada que incha uma vela.

— Pára, animal! — berrei, ao cocheiro.

A parelha estacou. Procurei em redor com a pálpebra meio cerrada alguma coisa cara a comprar — jóia de rainha ou consciência de estadista; nada vi; precipitei-me então para um estanco:

— Charutos! de tostão! de cruzado! Mais caros! de dez tostões!

— Quantos?... — perguntou servilmente o homem.

— Todos! — respondi com brutalidade.

À porta, uma pobre toda de luto, com o filho encolhido ao seio, estendeu-me a mão transparente. Incomodava-me procurar os trocos de cobre por entre os meus punhados de ouro. Repeli-a, impaciente; e, de chapéu sobre o olho, encarei friamente a turba.

Foi então que avistei, adiantando-se, o vulto ponderoso do meu diretor-geral; imediatamente achei-me com o dorso curvado em arco e o chapéu cumprimentador roçando as lajes. Era o hábito da dependência; os meus milhões não me tinham dado ainda a verticalidade à espinha...

Em casa despejei o ouro sobre o leito, e rolei-me por cima dele, muito tempo, grunhindo num gozo surdo. A torre, ao lado, bateu três horas; e o Sol apressado já descia, levando consigo o meu primeiro dia de opulência... Então, couraçado de libras, corri a saciar-me!

Ah, que dia! Jantei num gabinete do Hotel Central, solitário e egoísta, com a mesa alastrada de bordéus, borgonha, champanhe, reno, licores de todas as comunidades religiosas — como para matar uma sede de trinta anos! Mas só me fartei de *colares*. Depois, cambaleando, arrastei-me para o lupanar! Que noite! A alvorada clareou por trás das persianas; e achei-me estatelado no tapete, exausto e seminu, sentindo o corpo e a alma como esvaírem-se, dissolverem-se naquele ambiente abafado onde errava um cheiro de pó de arroz, de fêmea e de *punch*...

Quando voltei à Travessa da Conceição, as janelas do meu quarto estavam fechadas, e a vela expirava, com fogachos lívidos, no castiçal de latão. Então, ao chegar junto à cama, vi isto: estirada de través, sobre a coberta, jazia uma figura bojuda de mandarim fulminado, vestida de seda amarela, com um grande rabicho solto; e entre os braços, como morto também, tinha um papagaio de papel!

Abri desesperadamente a janela; tudo desapareceu — o que estava agora sobre o leito era um velho paletó alvadio.

III

Então começou a minha vida de milionário. Deixei bem depressa a casa de Madame Marques — que, desde que me sabia rico, me tratava todos os dias a arroz doce, e ela mesma me servia, com o seu vestido de seda dos domingos. Comprei, habitei o palacete amarelo, ao Loreto; as magnificências da minha instalação são bem conhecidas pelas gravuras indiscretas da *Ilustração Francesa*. Tornou-se famoso na Europa o meu leito, dum gosto exuberante e bárbaro, com a barra recoberta de lâminas de ouro lavrado, e cortinados dum raro brocado negro onde ondeiam, bordados a pérolas, versos eróticos de Catulo; uma lâmpada, suspensa no interior, derrama ali a claridade láctea e amorosa dum luar de Verão.

Os meus primeiros meses ricos, não o oculto, passei-os a amar — a amar com o sincero bater de coração dum pajem inexperiente. Tinha-a visto, como numa página de novela, regando os seus craveiros à varanda; chamava-se Cândida; era pequenina, era loura; morava a Buenos Aires, numa casinha casta recoberta de trepadeiras; e lembrava-me, pela graça e pelo airoso da cinta, tudo o que a arte tem criado de mais fino e frágil — Mimi, Virgínia, a Joaninha do Vale de Santarém.

Todas as noites eu caía, em êxtases de místico, aos seus pés cor de jaspe. Todas as manhãs lhe alastrava o regaço de notas de vinte mil-réis; ela repelia-as primeiro com um rubor — depois, ao guardá-las na gaveta, chamava-me o seu *anjo Totó*.

Um dia que eu me introduzira a passos sutis, por sobre o espesso tapete sírio, até ao seu *boudoir* — ela estava escrevendo, muito enlevada, de dedinho no ar; ao ver-me, toda trêmula, toda pálida, escondeu o papel que tinha o seu monograma. Eu arranquei-lho, num ciúme insensato. Era a carta, a carta costumada, a carta necessária, a carta que desde a velha Antiguidade a mulher sempre escreve; começava por *meu idolatrado* — e era para um alferes da vizinhança...

Desarraiguei logo esse sentimento do meu peito como uma planta venenosa. Descri para sempre dos anjos louros, que conservam no olhar azul o reflexo dos céus atravessados; de cima do meu ouro deixei cair sobre a Inocência, o Pudor e outras idealizações funestas, a ácida gargalhada de Mefistófeles; e organizei friamente uma existência animal, grandiosa e cínica.

Ao bater do meio-dia entrava na minha tina de mármore cor-de-rosa, onde os perfumes derramados davam à água um tom opaco de leite; depois pajens tenros, de mão macia, friccionavam-me com o cerimonial de quem celebra um culto; e embrulhado num *robe de chambre* de seda da Índia, através da galeria, dando daqui e além um olhar aos meus Fortunys e aos meus Corots, entre alas silenciosas de lacaios, dirigia-me ao bife à inglesa, servido em Sèvres azul e ouro.

O resto da manhã, se havia calor, passava-o sobre coxins de cetim cor de pérola, num *boudoir* em que a mobília era de porcelana fina de Dresda e as flores faziam um jardim de Armida; aí saboreava o *Diário de Notícias*, enquanto lindas raparigas vestidas à japonesa refrescavam o ar, agitando leques de plumas.

De tarde ia dar uma volta a pé, até ao Pote das Almas; era a hora mais pesada do dia; encostado à bengala, arrastando as pernas moles, abria bocejos de fera saciada — e a turba abjeta parava a contemplar, em êxtases, o nababo enfastiado!

Às vezes vinha-me como uma saudade dos meus tempos ocupados da Repartição. Entrava em casa; e encerrado na livraria, onde o Pensamento da Humanidade repousava esquecido e encadernado em marroquim, aparava uma pena de pato, e ficava horas lançando sobre folhas do meu querido tojal de outrora: *"Ilmo e Exmo. Sr. — Tenho a honra de participar a V. Exa... Tenho a honra de passar às mãos de V. Exa..."*

Ao começo da noite um criado, para anunciar o jantar, fazia soar pelos corredores na sua tuba de prata, à moda gótica, uma harmonia solene. Eu erguia-me e ia comer, majestoso e solitário. Uma populaça de lacaios, de librés de seda negra, servia, num silêncio de sombras que resvalavam, as vitualhas raras, vinhos do preço de jóias; toda a mesa era um esplendor de flores, luzes, cristais, cintilações de ouro — e enrolando-se pelas pirâmides de frutos, misturando-se ao vapor dos pratos, errava, como uma névoa sutil, um tédio inenarrável...

Depois, apoplético, atirava-me para o fundo do cupé — e lá ia às Janelas Verdes onde nutria, num jardim de serralho, entre requintes muçulmanos, um viveiro de fêmeas; revestiam-me duma túnica de seda fresca e perfumada — e eu abandonava-me a delírios abomináveis... Traziam-me semimorto para casa, ao primeiro alvor da manhã; fazia maquinalmente o meu sinal da cruz, e daí a pouco roncava de ventre ao ar, lívido e com um suor frio, como um Tibério exausto.

Entretanto Lisboa rojava-se aos meus pés. O pátio do palacete estava constantemente invadido por uma turba; olhando-a enfastiado das janelas da galeria, eu via lá branquejar os peitilhos da Aristocracia, negrejar a sotaina do Clero, e luzir o suor da Plebe; todos vinham suplicar, de lábio abjeto, a honra do meu sorriso e uma participação no meu ouro. Às vezes consentia em receber algum velho de título histórico — ele adiantava-se pela sala, quase roçando o tapete com os cabelos brancos, tartamudeando adulações; e imediatamente, espalmando sobre o peito a mão de fortes veias onde corria um sangue de três séculos, oferecia-me uma filha bem-amada para esposa ou para concubina.

Todos os cidadãos me traziam presentes como a um ídolo sobre o altar — uns odes votivas, outros o meu monograma bordado a cabelo, alguns chinelos ou boquilhas, cada um a sua consciência. Se o meu olhar amortecido fixava, por acaso, na rua, uma mulher — era logo ao outro dia uma carta em que a criatura, esposa ou prostituta, me ofertava a sua nudez, o seu amor, e todas as complacências da lascívia.

Os jornalistas esporeavam a imaginação para achar adjetivos dignos da minha grandeza; fui o *sublime Sr. Teodoro*, cheguei a ser o *celeste Sr. Teodoro*; então, desvairada, a *Gazeta das Locais* chamou-me o *extraceleste Sr. Teodoro*! Diante de mim nenhuma cabeça ficou jamais coberta — ou usasse a coroa ou o coco. Todos os dias me era oferecida uma presidência de ministério ou uma direção de confraria. Recusei sempre, com nojo.

Pouco a pouco o rumor das minhas riquezas foi passando os confins da monarquia. O *Fígaro*, cortesão, em cada número falou de mim, preferindo-me a Henrique V; o grotesco imortal, que assina *Saint-Genest*, dirigiu-me apóstrofes convulsivas, pedindo-me para salvar a França; e foi então que as *Ilustrações* estrangeiras publicaram, a cores, as cenas do meu viver. Recebi de todas as princesas da Europa envelopes, com selos heráldicos, expondo-me, por fotografias, por documentos, a forma dos seus corpos e a antiguidade das suas genealogias. Duas pilhérias que soltei durante esse ano foram telegrafadas ao Universo pelos fios da Agência Havas; e fui considerado mais espirituoso que Voltaire, Rochefort, e que esse fino entendimento que se chama *Todo-o-Mundo*. Quando o meu intestino se aliviava com estampido — a humanidade sabia-o pelas gazetas. Fiz empréstimos aos reis, subsidiei guerras civis — e fui caloteado por todas as repúblicas latinas que orlam o golfo do México.

E eu, no entanto, vivia triste...

Todas as vezes que entrava em casa estacava, arrepiado, diante da mesma visão; ou estirada no limiar da porta, ou atravessada sobre o leito de ouro — lá jazia a figura bojuda, de rabicho negro e túnica amarela, com o seu papagaio nos braços... Era o mandarim Ti-Chin-Fu! Eu precipitava-me, de punho erguido, e tudo se dissipava.

Então caía aniquilado, todo em suor, sobre uma poltrona, e murmurava no silêncio do quarto, onde as velas dos candelabros davam tons ensangüentados aos damascos vermelhos:

— *Preciso matar este morto!*

E, todavia, não era esta impertinência dum velho fantasma pançudo, acomodando-se nos meus móveis, sobre as minhas colchas, que me fazia saber mal a vida.

O horror supremo consistia na idéia, que se me cravava então no espírito como um ferro inarrancável — *que eu tinha assassinado um velho!*

Não fora com uma corda em torno da garganta à moda muçulmana; nem com veneno num cálice de vinho de Siracusa, à maneira italiana da Renascença; nem com algum dos métodos clássicos, que na história das monarquias têm recebido consagração augusta — a punhal como D. João II, à clavina como Carlos IX...

Tinha eliminado a criatura, de longe, com uma campainha. Era absurdo, fantástico, faceto. Mas não diminuía a trágica negrura do fato: *eu assassinara um velho!*

Pouco a pouco esta certeza ergueu-se, petrificou-se na minha alma, e como uma coluna num descampado dominou toda a minha vida interior; de sorte que, por mais desviado caminho que tomassem, os meus pensamentos viam sempre negrejar no horizonte aquela memória acusadora; por mais que se levantasse o vôo, das minhas imaginações, elas terminavam por ir fatalmente ferir as asas nesse monumento de miséria moral.

Ah! por mais que se considere Vida e Morte como banais transformações da Substância, é pavoroso o pensamento —

que se fez regelar um sangue quente, que se imobilizou um músculo vivo! Quando, depois de jantar, sentindo ao lado o aroma do café, eu me estirava no sofá, enlanguescido, numa sensação de plenitude, elevava-se logo dentro em mim, melancólico como o coro que vem dum ergástulo, todo um sussurro de acusações:

— E todavia tu fizestes que esse bem-estar em que te regalas, nunca mais fosse gozado pelo venerável Ti-Chin-Fu!

Debalde eu replicava à Consciência, lembrando-lhe a decrepitude do mandarim, a sua gota incurável... Facunda em argumentos, gulosa de controvérsia, ela retorquia logo com furor:

— Mas, ainda na sua atividade mais resumida, a vida é um bem supremo, porque o encanto dela reside no seu princípio mesmo, e não na abundância das suas manifestações!

Eu revoltava-me contra este pedantismo retórico de pedagogo rígido, erguia alto a fronte, gritava-lhe numa arrogância desesperada:

— Pois bem! Matei-o! Melhor! Que queres tu? o teu grande nome de Consciência não me assusta! És apenas uma perversão da sensibilidade nervosa. Posso eliminar-te com *flor de laranja*!

E imediatamente sentia passar-me na alma, com uma lentidão de brisa, um rumor humilde de murmurações irônicas:

— Bem, então come, dorme, banha-te e ama...

Eu assim fazia. Mas logo os próprios lençóis de bretanha do meu leito, tomavam aos meus olhos apavorados os tons lívidos duma mortalha; a água perfumada em que me mergulhava arrefecia-me sobre a pele, com a sensação espessa dum sangue que coalha; e os peitos nus das minhas amantes entristeciam-me, como lápides de mármore que encerram um corpo morto.

Depois assaltou-me uma amargura maior; comecei a pensar que Ti-Chin-Fu tinha decerto uma vasta família, netos, bisnetos tenros, que, despojados da herança que eu comia à farta em pratos de Sèvres, numa pompa de sultão perdulário, iam atravessando na China todos os infernos tradicionais da miséria humana — os dias sem arroz, o corpo sem agasalho, a esmola recusada, a rua lamacenta por morada...

Compreendi então por que me perseguia a figura obesa do velho letrado; e dos seus lábios recobertos pelos longos pêlos brancos do seu bigode de sombra, parecia-me sair agora esta acusação desolada: — "Eu não me lamento a mim, forma meio morta que era; choro os tristes que arruinaste, e que a estas horas, quando tu vens do seio fresco das tuas amorosas, gemem de fome, regelam na frialdade, apinhados num grupo expirante, entre leprosos e ladrões, na *Ponte dos Mendigos*, ao pé dos terraços do Templo do Céu!"

Oh tortura engenhosa! Tortura realmente chinesa! Não podia levar à boca um pedaço de pão sem imaginar imediatamente o bando faminto de criancinhas, a descendência de Ti-Chin-Fu, penando, como passarinhos implumes que abrem debalde o bico e piam em ninho abandonado; se me abafava no meu paletó era logo a visão de desgraçadas senhoras, mimosas outrora de tépido conforto chinês, hoje roxas de frio, sob andrajos de velhas sedas, por uma manhã de neve; o teto de ébano do meu palacete lembrava-me a família do mandarim, dormindo à beira dos canais, farejada pelos cães; e o meu cupé bem forrado fazia-me arrepiar à idéia das longas caminhadas errantes, por estradas encharcadas, sob um duro inverno asiático...

O que eu sofria! E era o tempo em que a populaça invejosa vinha pasmar para o meu palacete, comentando as felicidades inacessíveis que lá deviam habitar!

Enfim, reconhecendo que a Consciência era dentro em mim como uma serpente irritada — decidi implorar o auxílio d'Aquele que dizem ser superior à Consciência porque dispõe da Graça.

Infelizmente eu não acreditava n'Ele. Recorri pois à minha antiga divindade particular, ao meu dileto ídolo, padroeira da minha família, Nossa Senhora das Dores. E, regiamente pago, um povo de curas e cônegos, pelas catedrais de cidades e pelas capelas de aldeia, foi pedindo a Nossa Senhora das Dores que voltasse os seus olhos piedosos para o meu mal interior... Mas nenhum alívio desceu desses Céus inclementes, para onde há milhares de anos debalde sobe o calor da miséria humana.

Então eu próprio me abismei em práticas piedosas — e Lisboa assistiu a este espetáculo extraordinário: um ricaço, um nababo, prostrando-se humildemente ao pé dos altares, balbuciando de mãos postas frases da *salve-rainha*, como se visse na oração e no Reino do Céu, que ela conquista, outra coisa mais que uma consolação fictícia, que os que possuem tudo inventaram para contentar os que não possuem nada...

Eu pertenço à Burguesia; e sei que se ela mostra à Plebe desprovida um paraíso distante, gozos inefáveis a alcançar — é para lhe afastar a atenção dos seus cofres repletos e da abundância das suas searas.

Depois, mais inquieto, fiz dizer milhares de missas, simples e cantarias, para satisfazer a alma errante de Ti-Chin-Fu. Pueril desvario dum cérebro peninsular! O velho mandarim na sua classe de letrado, de membro da Academia dos Han-Lin, colaborador provável do grande tratado *Khu-Tsuane-Chu* que já tem setenta e oito mil e setecentos e trinta volumes, era certamente um sectário da doutrina, da moral positiva de Confúcio... Nunca ele, sequer, queimara mechas perfumadas em honra de Buda: e os cerimoniais do sacrifício místico deviam parecer à sua abominável alma de gramático e de cético como as pantomimas dos palhaços no teatro de Hong-Tung!

Então prelados astutos, com experiência católica, deram-me um conselho sutil — captar a benevolência de Nossa Senhora das Dores com presentes, flores, brocados e jóias, como se quisesse alcançar os favores de Aspásia; e à maneira dum banqueiro obeso, que obtém as complacências duma dançarina dando-lhe um *cottage* entre árvores — eu, por uma sugestão sacerdotal, tentei peitar a doce Mãe dos Homens, erguendo-lhe uma catedral toda de mármore branco. A abundância das flores punha entre os pilares lavrados perspectivas de paraísos; a multiplicidade dos lumes lembrava uma magnificência sideral... Despesas vãs! O fino e erudito cardeal Nani veio de Roma consagrar a igreja; mas, quando eu nesse dia entrei a visitar a minha hóspeda divina, o que vi, para além das calvas dos celebrantes, entre a mística névoa dos incensos, não foi a Rainha da Graça, loura, na sua túnica azul — foi o velho malandro com o seu olho oblíquo e o seu papagaio nos braços! Era a *ele*, ao seu branco bigode tártaro, à sua pança cor de oca, que todo um sacerdócio recamado de ouro, estava oferecendo, ao roncar do órgão, a Eternidade dos louvores!

Então, pensando que Lisboa, o meio dormente em que me movia, era favorável ao desenvolvimento destas imaginações — parti, viajei sobriamente, sem pompa, com um baú e um lacaio.

Visitei, na sua ordem clássica, Paris, a banal Suíça, Londres, os lagos taciturnos da Escócia; ergui a minha tenda diante das muralhas evangélicas de Jerusalém; e de Alexandria a Tebas, fui ao comprido desse longo Egito monumental e triste como o corredor dum mausoléu. Conheci o enjôo dos paquetes, a monotonia das ruínas, a melancolia das multidões desconhecidas, as desilusões do *boulevard*; e o meu mal interior ia crescendo.

Agora já não era só a amargura de ter despojado uma família venerável; assaltava-me o remorso mais vasto de ter privado toda uma sociedade dum personagem fundamental, um letrado experiente, coluna da Ordem, esteio de Instituições. Não se pode arrancar assim a um estado uma personalidade do valor de cento e seis mil contos, sem lhe perturbar o equilíbrio... Esta idéia pungia-me acerbamente. Ansiei por saber se na verdade a desaparição de Ti-Chin-Fu fora funesta à decrépita China; li todos os jornais de Hong Kong e de Xangai, velei a noite sobre histórias de viagens, consultei sábios

41

missionários — e artigos, homens, livros, tudo me falava da decadência do Império do Meio, províncias arruinadas, cidades moribundas, plebes esfomeadas, pestes e rebeliões, templos aluindo-se, leis perdendo a autoridade, a decomposição dum mundo, como uma nau encalhada que a vaga desfaz tábua a tábua!...

E eu atribuía-me estas desgraças da sociedade chinesa! No meu espírito doente Ti-Chin-Fu tomara então o valor desproporcionado dum César, um Moisés, um desses seres providenciais que são a força duma raça. Eu matara-o; e com ele desaparecera a vitalidade da sua pátria! O seu vasto cérebro poderia talvez ter salvado, a rasgos geniais, aquela velha monarquia asiática — e eu imobilizara-lhe a ação criadora! A sua fortuna concorreria a refazer a grandeza do Erário — e eu estava a dissipando a oferecer pêssegos em Janeiro às messalinas do Hélder!...

— Amigos, conheci o remorso colossal de ter arruinado um império!

Para esquecer este tormento complicado, entreguei-me à orgia. Instalei-me num palacete da Avenida dos Campos Elísios — e foi medonho. Dava festas à Trimalcião; e, nas horas mais ásperas de fúria libertina, quando das charangas, na estridência brutal dos cobres, rompiam os cancãs; quando prostitutas, de seio desbragado, ganiam coplas canalhas; quando os meus convidados boêmios, ateus de cervejaria, injuriavam Deus, com a taça de champanhe erguida — eu, tomado subitamente como Heliogábalo dum furor de bestialidade, dum ódio contra o pensante e o consciente, atirava-me ao chão a quatro patas e zurrava formidavelmente de burro...

42

Depois quis ir mais baixo, ao deboche da plebe, às torpezas alcoólicas do *Assomoir*; e quantas vezes, vestido de blusa, com o casquete para a nuca, de braço dado com *Mes-Bottes* ou *Bibi-la-Gaillarde,* num tropel avinhado, *fui* cambaleando pelos *boulevards* exteriores, a uivar, entre arrotos:

Allons, enfants de la patrie-e-e!...
Le jour de gloire est arrivé...

Foi uma manhã, depois dum destes excessos, à hora em que nas trevas da alma do debochado se ergue uma vaga aurora espiritual — que me nasceu, de repente, a idéia de partir para a China! E, como soldados em acampamento adormecido, que ao som do clarim se erguem, e um a um se vão juntando e formando coluna — outras idéias se foram reunindo no meu espírito, alinhando-se, completando um plano formidável... Partiria para Pequim; descobriria a família de Ti-Chin-Fu; esposando uma das senhoras, legitimaria a posse dos meus milhões; daria àquela casa letrada a antiga prosperidade; celebraria funerais pomposos ao mandarim, para lhe acalmar o espírito irritado; iria pelas províncias miseráveis fazendo colossais distribuições de arroz; e, obtendo do imperador o botão de cristal de mandarim, acesso fácil a um bacharel, substituir-me-ia à personalidade desaparecida de Ti-Chin-Fu — e poderia assim restituir legalmente à sua Pátria, se não a autoridade do seu saber, ao menos a força do seu ouro.

Tudo isto, por vezes, me aparecia como um programa indefinido, nevoento, pueril e idealista. Mas, já o desejo desta aventura original e épica me envolvera; e eu ia, arrebatado por ele, como uma folha seca numa rajada.

Anelei, suspirei por pisar a terra da China! Depois de altos preparativos, apressados a punhados de ouro, uma noite parti enfim para Marselha. Tinha alugado todo um paquete, o *Ceilão*. E na manhã seguinte, por um mar azul-ferrete, sob o vôo branco das gaivotas, quando os primeiros raios do Sol ruborizavam as torres de Nossa Senhora da Guarda, sobre o seu rochedo escuro — pus a proa ao Oriente.

IV

O *Ceilão* teve uma viagem calma e monótona até Xangai. Daí subimos pelo rio Azul a Tientsin num pequeno *steamer* da Companhia Russel. Eu não vinha visitar a China numa curiosidade ociosa de turista; toda a paisagem dessa província, que se assemelha à dos vasos de porcelana, dum tom azulado e vaporoso, com colinazinhas calvas e de longe a longe um arbusto bracejante, me deixou sombriamente indiferente.

Quando o capitão do *steamer,* um ianque impudente de focinho de chibo, ao passarmos à altura de Nanquim, me propôs parar, ir percorrer as ruínas monumentais da velha cidade de porcelana — eu recusei, com um movimento seco de cabeça, sem mesmo desviar os olhos tristes da corrente barrenta do rio.

Que pesados e soturnos me pareceram os dias de navegação de Tientsin a Tung-Chu, em barcos chatos que o cheiro dos remadores chineses empestava; ora através de terras baixas inundadas pelo Pei-Hó, ora ao longo de pálidos e infindáveis arrozais; passando aqui uma lúgubre aldeia de lama negra, além um campo coberto de esquifes amarelos; topando a cada momento com cadáveres de mendigos, inchados e esverdeados, que desciam ao fio de água, sob um céu fusco e baixo!

Em Tung-Chu fiquei surpreendido, ao dar com uma escolta de cossacos que mandava ao meu encontro o velho general Camilloff, heróico oficial das campanhas da Ásia Central, e então embaixador da Rússia em Pequim. Eu vinha-lhe recomendado como um ser precioso e raro; e o verboso intérprete Sá-Tó, que ele punha ao meu serviço, explicou-me que as cartas de selo imperial, avisando-o da minha chegada, recebera-as ele, havia semanas, pelos correios da Chancelaria que atravessam a Sibéria em trenó, descem a dorso de camelo até à Grande Muralha tártara, e entregam aí a mala a esses corredores mongólicos, vestidos de couro escarlate, que dia e noite galopam sobre Pequim.

Camilloff enviava-me um pônei da Manchúria, ajaezado de seda, e um cartão de visita, com estas palavras traçadas a lápis sob o seu nome: *"Saúde! o animal é doce de boca!"*

Montei o pônei; e a um hurra! dos cossacos, num agitar heróico de lanças, partimos à desfilada pela poeirenta planície — porque já a tarde declinava, e as portas de Pequim fecham-se mal o último raio de Sol deixa as torres do Templo do Céu. Ao princípio seguimos uma estrada, caminho batido do trânsito das caravanas, atravancado de enormes lajes de mármore dessoldadas da antiga Via Imperial. Depois passamos a ponte de Pa-li-kao, toda de mármore branco, flanqueada de dragões arrogantes. Vamos correndo então à beira de canais de água negra: começam a aparecer pomares, aqui e além uma aldeia de cor azulada, aninhada ao pé de um pagode: de repente, a um cotovelo do caminho, paro assombrado...

Pequim está diante de mim! É uma vasta muralha, monumental e bárbara, dum negro baço, estendendo-se a perder de vista, e destacando, com as arquiteturas babilônicas das suas portas de tetos recurvos, sobre um fundo de poente de púrpura ensangüentada...

Ao longe, para o norte, num vago de vapor roxo, esbatem-se, como suspensas no ar, as montanhas da Mongólia...

Uma rica liteira esperava-me à porta de Tung-Tsen-Men, para eu atravessar Pequim até à Residência militar de Camilloff. A muralha agora, ao perto, parecia erguer-se até aos céus com o horror duma construção bíblica; à sua base apinhava-se uma confusão de barracas, feira exótica, onde rumorejava uma multidão, e a luz de lanternas oscilantes cortava já o crepúsculo de vagas manchas cor de sangue; os toldos brancos faziam ao pé do negro muro como um bando de borboletas pousadas.

Senti-me triste; subi à liteira, cerrei as cortinas de seda escarlate todas bordadas a ouro; e cercado dos cossacos, eis-me entrando a velha Pequim, por essa porta babélica, na turba tumultuosa, entre carretas, cadeirinhas de charão, cavaleiros mongólicos armados de flechas, bonzos de túnica alvejante marchando um a um, e longas filas de lentos dromedários balançando a sua carga em cadência...

Daí a pouco a liteira parou. O respeitoso Sá-Tó correu as cortinas, e vi-me num jardim, escurecido e calado, onde por entre sicômoros seculares, quiosques alumiados brilhavam com uma luz doce, como colossais lanternas pousadas sobre a relva; e toda a sorte de águas correntes murmuravam na sombra. Sob um peristilo feito de madeiros pintados a vermelhão, aclarado por fios de lâmpadas de papel transparente, esperava-me um membrudo figurão, de bigodes brancos, apoiado a um grosso espadão. Era o general Camilloff. Ao adiantar-me para ele, eu sentia o passo inquieto das gazelas fugindo de leve sob as árvores...

O velho herói apertou-me um momento ao peito, e conduziu-me logo, segundo os usos chineses, ao banho da hospitalidade, uma vasta tina de porcelana onde entre rodelas finas de limão sobrenadavam esponjas brancas, num perfume forte de lilás...

Pouco depois a Lua banhava deliciosamente os jardins; e eu, muito fresco, de gravata branca, entrava pelo braço de Camilloff no *boudoir* da generala. Era alta e loura; tinha os olhos verdes das sereias de Homero; no decote baixo do seu vestido de seda branca pousava uma rosa escarlate; e nos dedos, que lhe beijei, errava um aroma fino de sândalo e de chá.

Conversamos muito da Europa, do niilismo, de Zola, de Leão XIII, e da magreza de Sara Bernhardt...

Pela galeria aberta penetrava um ar cálido que rescendia a heliotrópio. Depois ela sentou-se ao piano — e a sua voz de contralto quebrou até tarde os silêncios melancólicos da cidade tártara, com as picantes árias de *Madame Favart* e com as melodias afagantes do *Rei de Lahore*.

Ao outro dia cedo, encerrado com o general num dos quiosques do jardim, contei-lhe a minha lamentável história e os motivos fabulosos que me traziam a Pequim. O herói escutava, cofiando sombriamente o seu espesso bigode cossaco...

— O meu prezado hóspede sabe o chinês? — perguntou-me de repente, fixando em mim a pupila sagaz.

— Sei duas palavras importantes, general: *mandarim* e *chá.*

Ele passou a sua mão de fortes cordoveias sobre a medonha cicatriz que lhe sulcava a calva:

— *Mandarim,* meu amigo, não é uma palavra chinesa, e ninguém a entende na China. É o nome que no século XVI os navegadores do seu país, de seu belo país...

— Quando nós tínhamos navegadores... — murmurei, suspirando.

Ele suspirou também, por polidez, e continuou:

— ...Que os seus navegadores deram aos funcionários chineses. Vem do seu verbo, do seu lindo verbo...

— Quando tínhamos verbos... — rosnei, no hábito instintivo de deprimir a Pátria.

Ele esgazeou um momento o seu olho redondo de velho mocho... — e prosseguiu paciente e grave:

— Do seu lindo verbo *mandar...* Resta-lhe portanto *chá.* É um vocábulo que tem um vasto papel na vida chinesa, mas julgo-o insuficiente para servir a todas as relações sociais. O meu estimável hóspede pretende esposar uma senhora da família Ti-Chin-Fu, continuar a grossa influência que exercia o mandarim, substituir, doméstica e socialmente, esse chorado defunto... Para tudo isto dispõe da palavra *chá.* É pouco.

Não pude negar — que era pouco. O venerando russo, franzindo o seu nariz adunco de milhafre, pôs-me ainda outras objeções que eu via erguerem-se diante do meu desejo — como as muralhas mesmas de Pequim —; nenhuma senhora da família Ti-Chin-Fu consentiria jamais em casar com um bárbaro; e seria impossível, terrivelmente impossível que o imperador, o Filho do Sol, concedesse a um estrangeiro as honras privilegiadas dum mandarim...

— Mas por que mas recusaria? — exclamei. — Eu pertenço a uma boa família da província do Minho. Sou bacharel formado; portanto na China, como em Coimbra, sou um letrado! Já fiz parte duma repartição pública... Possuo milhões... Tenho a experiência do estilo administrativo...

O general ia-se curvando com respeito a esta abundância dos meus atributos.

— Não é — disse ele enfim — que o imperador realmente o recusasse; é que o indivíduo que lho propusesse seria imediatamente decapitado. A lei chinesa, neste ponto, é explícita e seca.

Baixei a cabeça, acabrunhado.

— Mas, general — murmurei —, eu quero livrar-me da presença odiosa do velho Ti-Chin-Fu e do seu papagaio!... Se eu entregasse metade dos meus milhões ao tesouro chinês, já que não me é dado pessoalmente aplicá-los, como mandarim, à prosperidade do Estado?... Talvez Ti-Chin-Fu se calmasse...

O general pousou-me paternalmente a vasta mão sobre o ombro:

— Erro, considerável erro, mancebo! Esses milhões nunca chegariam ao tesouro imperial. Ficariam nas algibeiras insondáveis das classes dirigentes; seriam dissipados em plantar jardins, colecionar porcelanas, tapetar de peles os soalhos, fornecer sedas às concubinas; não aliviariam a fome dum só chinês, nem reparariam uma só pedra das estradas públicas... Iriam enriquecer a orgia asiática. A alma de Ti-Chin-Fu deve conhecer bem o Império; e isso não o satisfaria.

— E se eu empregasse parte da fortuna do velho malandro em fazer particularmente como filantropo, largas distribuições de arroz à populaça faminta... É uma idéia...

— Funesta — disse o general, franzindo medonhamente o sobrolho. — A Corte Imperial veria aí imediatamente uma ambição política, o tortuoso plano de ganhar os favores da plebe, um perigo para a Dinastia... O meu bom amigo seria decapitado... É grave...

— Maldição! — berrei. — Então para que vim eu à China?

O diplomata encolheu vagarosamente os ombros; mas logo, mostrando num sorriso astuto os seus dentes amarelos de cossaco:

— Faça uma coisa. Procure a família de Ti-Chin-Fu... Eu indagarei do primeiro-ministro, sua excelência o príncipe Tong, onde pára essa prole interessante... Reúna-os, atire-lhes uma ou duas dúzias de milhões... Depois prepare ao defunto funerais régios. Funerais de alto cerimonial, com um préstito de uma légua, filas de bonzos, todo um mundo de estandartes, palanquins, lanças, plumas, andores escarlates, legiões de carpideiras ululando sinistramente etc. etc... Se depois de tudo isto a sua consciência não adormecer e o fantasma insistir...

— Então?

— Corte a goelas.

— Obrigado, general.

Uma coisa porém era evidente, e nela concordaram Camilloff, o respeitoso Sá-Tó e a generala — que, para freqüentar a família Ti-Chin-Fu, seguir os funerais, misturar-me à vida de Pequim, eu devia desde já vestir-me como um chinês opulento, da classe letrada, para me ir habituando ao traje, às maneiras, ao cerimonial mandarim...

A minha face amarelada, o meu longo bigode pendente favoreciam a caracterização — e quando na manhã seguinte, depois de arranjado pelos costureiros engenhosos da Rua Chá-Coua, entrei na sala forrada de seda escarlate, onde já rebrilhavam as porcelanas do almoço sobre a mesa de charão negro — a generala recuou como à aparição do próprio Tong-Tché, Filho do Céu!

Eu trazia uma túnica de brocado azul-escuro abotoada ao lado, com o peitilho ricamente bordado de dragões e flores de ouro; por cima um casabeque de seda de um tom azul mais claro, curto, amplo e fofo; as calças de cetim cor de avelã descobriam ricas babuchas amarelas pospontadas a pérolas, e um pouco da meia picada de estrelinhas negras; e à cinta, numa linda faixa franjada de prata, tinha metido um leque de bambu, dos que têm o retrato do filósofo Lao-Tsé e são fabricados em Swatow.

E, pelas misteriosas correlações com que o vestuário influencia o caráter, eu sentia já em mim idéias, instintos chineses — o amor dos cerimoniais meticulosos, o respeito burocrático das fórmulas, uma ponta de ceticismo letrado; e também um abjeto terror do imperador, o ódio ao estrangeiro, o culto dos antepassados, o fanatismo da tradição, o gosto das coisas açucaradas...

Alma e ventre eram já totalmente um mandarim. Não disse à generala: — *Bon jour, Madame*. Dobrado ao meio, fazendo girar os punhos fechados sobre a fronte abaixada, fiz gravemente o *chin-chin!*

— É adorável, é precioso! — dizia ela, com o seu lindo riso, batendo as mãozinhas pálidas.

Nessa manhã, em honra da minha nova encarnação, havia um almoço chinês. Que gentis guardanapos de papel de seda escarlate, com monstros fabulosos desenhados a negro! O serviço começou por ostras de Nimpó. Exímias! Absorvi duas dúzias com um intenso regalo chinês. Depois vieram deliciosas febras de barbatana de tubarão, olhos de carneiro com picado de alho, um prato de nenúfares em calda de açúcar, laranjas de Cantão, e enfim o arroz sacramental, o arroz dos avós...

Delicado repasto, regado largamente de excelente vinho de Chão-Chigne! E, por fim, com que gozo recebi a minha taça de água a ferver, onde deitei uma pitada de folhas de chá imperial, da primeira colheita de Março, colheita única, que é celebrada com um rito santo pelas mãos puras de virgens!...

Duas cantadeiras entraram, enquanto nós fumávamos; e muito tempo, numa modulação gutural, disseram velhas cantigas dos tempos da dinastia Ming, ao som de guitarras recobertas de peles de serpente, que dois tártaros agachados repenicavam, numa cadência melancólica e bárbara. A China tem encantos dum raro gosto...

Depois a loura generala contou-nos, com chiste, a *Femme à Barbe*; e quando o general saiu com a sua escolta cossaca para o Iamém do príncipe Tong, a informar-se da residência da família Ti-Chin-Fu — eu, repleto e bem disposto, saí com Sá-Tó a ver Pequim.

A habitação de Camilloff ficava na cidade tártara, nos bairros militares e nobres. Há aqui uma tranqüilidade austera. As ruas assemelham-se a largos caminhos de aldeia sulcados pelas rodas dos carros; e quase sempre se caminha ao comprido de um muro, de onde saem ramos horizontais de sicômoros. Por vezes uma carreta passa rapidamente, ao trote de um pônei mongol, com altas rodas cravejadas de pregos dourados; tudo nela oscila, o toldo, as cortinas pendentes de seda, os ramos de plumas aos ângulos; e dentro entrevê-se alguma linda dama chinesa, coberta de brocados claros, a cabeça toda cheia de flores, fazendo girar nos pulsos dois aros de prata, com um ar de tédio cerimonioso. Depois é alguma aristocrática cadeirinha de mandarim, que cólis vestidos de azul, de rabicho solto, vão levando a um trote arquejante para os iaméns do Estado; precede-os uma criadagem maltrapilha que ergue ao alto rolos de seda com inscrições bordadas, insígnias de autoridade; e dentro o personagem bojudo, com enormes óculos redondos, folheia a sua papelada ou dormita de beiço caído... A cada momento parávamos a olhar as lojas ricas, com as suas tabuletas verticais de letras douradas sobre fundo escarlate; os fregueses, num silêncio de igreja, sutis como sombras, vão examinando as preciosidades — porcelanas da dinastia Ming, bronzes, esmaltes, marfins, sedas, armas marchetadas, os leques maravilhosos de Swatow; por vezes, uma fresca rapariga de olho oblíquo, túnica azul, e papoulas de papel nas tranças, desdobra algum raro brocado diante dum grosso chinês que o contempla beatamente, com os dedos cruzados na pança; ao fundo o mercador, aparatoso e imóvel, escreve com um pincel sobre longas tabuinhas de sândalo; e um perfume adocicado que sai das coisas, perturba e entristece...

Eis aqui a muralha que cerca a cidade interdita, morada santa do imperador! Moços nobres vêm descendo do terraço dum templo onde se estiveram adestrando à flecha. Sá-Tó disse-me os seus nomes; eram da guarda seleta, que nas cerimônias escolta o guarda-sol de seda amarela, com o dragão bordado, que é o emblema do imperador. Todos eles cumprimentaram profundamente um velho que ia passando, de barbas venerandas, com o casabeque amarelo que é o privilégio do ancião; vinha falando só, e trazia na mão uma vara sobre que pousavam cotovias domesticadas... Era um príncipe do Império.

Estranhos bairros! Mas nada me divertia como ver a cada instante, a uma porta de jardim, dois mandarins pançudos que para entrar se trocavam indefinidamente salamalés, cortesias, recusas, risinhos agudos de etiqueta, todo um cerimonial dogmático — que lhes fazia oscilar dum modo picaresco, sobre as costas, as longas penas de pavão. Depois, se erguia os olhos para o ar, lá via sempre pairar enormes papagaios de papel, ora em forma de dragões, ora de cetáceos, ora de aves fabulosas — enchendo o espaço duma inverossímil legião de monstros transparentes e ondeantes...

— Sá-Tó, basta de cidade tártara! Vamos ver os bairros chineses...

E lá fomos penetrando na cidade chinesa, pela porta monstruosa de Chin-Men. Aqui habita a burguesia, o mercador, a populaça. As ruas alinham-se como uma pauta; e no solo vetusto e lamacento, feito da imundície de gerações recalcadas desde séculos, ainda aqui e além jaz alguma das lajes de mármore cor-de-rosa que outrora o calçavam, no tempo da grandeza dos Ming.

Dos dois lados são — ora terrenos vagos onde uivam manadas de cães famintos, ora filas de casebres fuscos, ora pobres lojas com as suas tabuletas esguias e sarapintadas, balouçando-se duma haste de ferro. À distância erguem-se os arcos triunfais feitos de barrotes cor de púrpura, ligados no alto por um telhado oblongo de telhas azuis envernizadas, que rebrilham como esmaltes. Uma multidão rumorosa e espessa, onde domina o tom pardo e azulado dos trajes, circula sem cessar; a poeira envolve tudo duma névoa amarelada; um fedor acre exala-se dos enxurros negros; e a cada momento uma longa caravana de camelos fende lentamente a turba conduzida por mongóis sombrios vestidos de pele de carneiro.

Fomos até às entradas das pontes sobre os canais, onde saltimbancos seminus, com máscaras simulando demônios pavorosos, fazem destrezas dum picaresco bárbaro e sutil; e muito tempo estive a admirar os astrólogos de longas túnicas, com dragões de papel colados às costas, vendendo ruidosamente horóscopos e consultas de astros. Oh cidade fabulosa e singular!

De repente ergue-se uma gritaria! Corremos: era um bando de presos, que um soldado, de grandes óculos ia impelindo com o guarda-sol, amarrados uns aos outros pelo rabicho! Foi aí, nessa avenida, que eu vi o estrepitoso cortejo de um funeral de mandarim, todo ornado de auriflamas e de bandeirolas; grupos de sujeitos fúnebres vinham queimando papéis em fogareiros portáteis; mulheres esfarrapadas uivavam de dor espojando-se sobre tapetes; depois erguiam-se, galhofavam, e um cóli vestido de luto branco servia-lhes logo chá, dum grande bule em forma de ave.

Ao passar junto ao Templo do Céu, vejo apinhada num largo uma legião de mendigos: tinham por vestuário um tijolo preso à cinta num cordel; as mulheres, com os cabelos entremeados de velhas flores de papel, roíam ossos tranqüilamente; e cadáveres de crianças apodreciam ao lado, sob o vôo dos moscardos. Adiante topamos com uma jaula de traves, onde um condenado estendia, através das grades, as mãos descamadas, à esmola... Depois Sá-Tó mostrou-me respeitosamente uma praça estreita: aí, sobre pilares de pedra, pousavam pequenas gaiolas, contendo cabeças de decapitados, e gota a gota ia pingando delas um sangue espesso e negro...

— Ufá! — exclamei fatigado e aturdido. — Sá-Tó, agora quero o repouso, o silêncio, e um charuto caro...

Ele curvou-se, e, por uma escadaria de granito, levou-me às altas muralhas da cidade, formando uma esplanada que quatro carros de guerra a par podem percorrer durante léguas.

E enquanto Sá-Tó, sentado num vão de ameia, bocejava, num desafogo de cicerone enfastiado, eu, fumando, contemplei muito tempo aos meus pés a vasta Pequim...

É como uma formidável cidade da Bíblia, Babel ou Nínive, que o profeta Jonas levou três dias a atravessar. O grandioso muro quadrado limita os quatro pontos do horizonte, com as suas portas de torres monumentais, que o ar azulado, àquela distância, faz parecer transparentes. E na imensidão do seu recinto aglomeram-se confusamente verduras de bosques, lagos artificiais, canais cintilantes como aço, pontes de mármore, terrenos alastrados de ruínas, telhados envernizados reluzindo ao Sol; por toda a parte são pagodes heráldicos, brancos terraços de templos, arcos triunfais, milhares de quiosques saindo de entre as folhagens dos jardins; depois espaços que parecem um montão de porcelanas, outros que se assemelham a monturos de lama; e sempre a intervalos regulares o olhar encontra algum dos bastiões, de um aspecto heróico e fabuloso...

A multidão, junto a essas edificações grandiosas, é apenas como grãos de areia negra que um vento brando vai trazendo e levando...

Aqui está o vasto palácio imperial, entre arvoredos misteriosos, com os seus telhados de um amarelo de ouro vivo! Como eu desejaria penetrar-lhe os segredos, e ver desenrolar-se, pelas galerias sobrepostas, a magnificência bárbara dessas dinastias seculares!

Além ergue-se a torre do Templo do Céu, semelhando três guarda-sóis sobrepostos, depois a grande coluna dos Princípios, hierática e seca como o Gênio mesmo da Raça, e adiante branquejam numa meia-tinta sobrenatural, os terraços de jaspe do Santuário da Purificação...

Então interrogo Sá-Tó, e o seu dedo respeitoso vai-me mostrando o Templo dos Antepassados, o Palácio da Soberana Concórdia, o Pavilhão das Flores das Letras, o Quiosque dos Historiadores, fazendo brilhar, entre os bosques sagrados que os cercam, os seus telhados lustrosos de faianças azuis, verdes, escarlates e cor de limão. Eu devorava, de olho ávido, esses monumentos da antiguidade asiática, numa curiosidade de conhecer as impenetráveis classes que os habitam, o princípio das instituições, a significação dos cultos, o espírito das suas letras, a gramática, o dogma, a estranha vida interior dum cérebro de letrado chinês... Mas esse mundo é inviolável como um santuário...

Sentei-me na muralha, e os meus olhos perderam-se pela planície arenosa que se estira para além das portas até aos contrafortes dos montes mongólicos; aí incessantemente redemoinham ondas infindáveis de poeira; a toda a hora negrejam filas vagarosas de caravanas... Então invadiu-me a alma uma melancolia, que o silêncio daquelas alturas, envolvendo Pequim, tornava dum vago mais desolado; era como uma saudade de mim mesmo, um longo pesar de me sentir ali isolado, absorvido naquele mundo duro e bárbaro; lembrei-me, com os olhos umedecidos, da minha aldeia do Minho, do seu adro assombreado de carvalheiras, a venda com um ramo de louro à porta, o alpendre do ferrador, e os ribeiros tão frescos quando verdejam os linhos...

Aquela era a época em que as pombas emigram de Pequim para o sul. Eu via-as reunirem-se em bandos por cima de mim, partindo dos bosques, dos templos e dos pavilhões imperiais;

cada uma traz, para a livrar dos milhafres, um leve tubo de bambu que o ar faz silvar; e aquelas nuvens brancas passavam como impelidas de uma aragem mole, deixando no silêncio um lento e melancólico suspiro, uma ondulação eólia, que se perdia nos ares pálidos...

Voltei para casa, pesado e pensativo...

Ao jantar, Camilloff, desdobrando o seu guardanapo, pediu-me com bonomia as minhas impressões de Pequim.

— Pequim faz-me sentir bem, general, os versos dum poeta nosso:

Sôbolos rios que vão
Por Babilônia me achei...

— Pequim é um monstro! — disse Camilloff oscilando refletidamente a calva. — E agora considere que a esta capital, à classe tártara e conquistadora que a possui, obedecem trezentos milhões de homens, uma raça sutil, laboriosa, sofredora, prolífica, invasora... Estudam as nossas ciências... Um cálice de médoc, Teodoro?... Têm uma marinha formidável! O exército, que outrora julgava destroçar o estrangeiro com dragões de papelão de onde saíam bichas de fogo, tem agora tática prussiana e espingarda de agulha! Grave!

— E todavia, general, no meu país, quando, a propósito de Macau, se fala do Império Celeste, os patriotas passam os dedos pela grenha, e dizem negligentemente: *Mandamos lá cinqüenta homens, e varremos a China...*

A esta sandice — fez-se um silêncio. E o general, depois de tossir formidavelmente, murmurou com condescendência:

— Portugal é um belo país...

Eu exclamei com secura e firmeza:

— É uma choldra, general.

A generala, colocando delicadamente à borda do prato uma asa de frango, e limpando o dedinho, disse:

— É o país da canção de Mignon. É lá que floresce a laranjeira...

O gordo Meriskoff, doutor alemão pela Universidade de Bona, chanceler da legação, homem de poesia e de comentário, observou com respeito:

— Generala, o doce país de Mignon é a Itália: *Conheces tu a terra privilegiada onde a laranjeira dá flor?* O divino Goethe referia-se à Itália, *Italia Mater...* A Itália será o eterno amor da humanidade sensível!

— Eu prefiro a França! — suspirou a esposa do primeiro secretário, uma bonecazinha sardenta, de cabelo arruivascado.

— Ah! a França... — murmurou um adido, revirando um bugalho de olho terníssimo.

O gordo Meriskoff ajeitou os óculos de ouro:

— A França tem um mal, que é a questão social...

— Oh! a questão social! — rosnou sombriamente Camilloff.

— Ah! a questão social!... — considerou ponderosamente o adido.

E discreteando com tanta sapiência, chegamos por fim ao café.

Ao descer ao jardim, a generala, apoiando-se sentimentalmente ao meu braço, murmurou-me junto à face:

— Ai, quem me dera viver nesses países apaixonados onde verdejam os laranjais!...

— É lá que se ama, generala — segredei-lhe eu, levando-a docemente para a escuridão dos sicômoros...

V

Foi necessário todo um longo Verão para descobrir a província onde residira o defunto Ti-Chin-Fu!

Que episódio administrativo tão pitoresco, tão chinês! O serviçal Camilloff, que passava o dia inteiro a percorrer os iaméns do Estado, teve de provar primeiro que o desejo de conhecer a morada dum velho mandarim não encobria uma conspiração contra a segurança do Império; e depois foi-lhe ainda preciso jurar que não havia nesta curiosidade um atentado contra os ritos sagrados! Então, satisfeito, o príncipe Tong permitiu que se fizesse o inquérito imperial; centenares de escribas empalideceram noite e dia, de pincel na mão, desenhando relatórios sobre papel de arroz; misteriosas conferências sussurraram incessantemente por todas as repartições da cidade imperial, desde o Tribunal Astronômico até ao Palácio da Bondade Preferida; e uma população de cólis transportava da Legação russa para os quiosques da cidade interdita, e daí para o Pátio dos Arquivos, padiolas estalando ao peso de maços de documentos vetustos...

Quando Camillof perguntava *pelo resultado*, vinha-lhe a resposta satisfatória que se estavam consultando os livros santos de Lao-Tsé, ou que se iam explorar velhos textos do tempo de Nor-Ha-Chu. E para calmar a impaciência bélica do russo, o príncipe Tong remetia, com estes recados sutis, algum substancial presente de confeitos recheados, ou de gomos de bambu em calda de açúcar...

Ora enquanto o general trabalhava com fervor para encontrar a família Ti-Chin-Fu — eu ia tecendo horas de seda e ouro (assim diz um poeta japonês) aos pés pequeninos da generala...

Havia um quiosque no jardim sob os sicômoros, que se denominava, à maneira chinesa, do *Repouso Discreto*; — ao lado um arroio fresco ia cantando docemente sob uma pontezinha rústica pintada de cor-de-rosa. As paredes eram apenas um cadeado de bambu fino forrado de seda cor de ganga; o sol, passando através delas, fazia uma luz sobrenatural de opala desmaiada. Ao centro afofava-se um divã de seda branca, duma poesia de nuvem matutina, atraente como um leito nupcial. Aos cantos, em ricas jarras transparentes da época de Yeng, erguiam-se, na sua gentileza aristocrática, lírios escarlates do Japão. Todo o soalho estava recoberto de esteiras finas de Nanquim; e junto à janela rendilhada, sobre um airoso pedestal de sândalo, pousava aberto ao alto um leque formado de lâminas de cristal separadas, que a aragem entrando fazia vibrar, numa modulação melancólica e terna.

As manhãs do fim de Agosto em Pequim são muito suaves; já erra no ar um enternecimento outonal. A essa hora o conselheiro Meriskoff, os oficiais da Legação, estavam sempre na chancelaria *fazendo a mala* para Sampetersburgo.

Eu então, de leque na mão, pisando sutilmente na ponta das babuchas de cetim as ruazinhas areadas do jardim, ia entreabrir a porta do *Repouso Discreto:*

— Mimi?

E a voz da generala respondia, suave como um beijo:

— *All rigth...*

Como ela era linda vestida de dama chinesa! Nos seus cabelos levantados alvejavam flores de pessegueiro; e as sobrancelhas pareciam mais puras e negras avivadas a tinta de Nanquim. A camisinha de gaze, bordada a *soutache* de filigrana de ouro, colava-se aos seus seios pequeninos e direitos; vastas, fofas calças de *foulard* cor de *coxa de Ninfa,* que lhe davam uma graça de serralho, recaíam sobre o tornozelo fino, coberto de meia de seda amarela — e apenas três dedos da minha mão cabiam na sua chinelinha...

Chamava-se Vladimira; nascera ao pé de Nijnii Novogárdia; e fora educada por uma tia velha que admirava Rousseau, lia Faublas, usava o cabelo empoado, e parecia a grossa litografia cossaca duma dama galante de Versalhes...

O sonho de Vladimira era habitar Paris; e, fazendo ferver delicadamente as folhas de chá, pedia-me histórias ladinas de *cocottes,* e dizia-me o seu culto por Dumas Filho...

Eu arregaçava-lhe a larga manga do casabeque de seda cor de folha morta, e ia fazendo viajar os meus lábios devotos pela pele fresca dos seus belos braços — e depois sobre o divã, enlaçados, peito contra peito, num êxtase mudo, sentíamos as lâminas de cristal ressoarem eoliamente, as pegas azuis esvoaçarem pelos plátanos, o fugitivo ritmo do arroio corrente...

Os nossos olhos umedecidos encontravam às vezes um quadro de cetim preto, por cima do divã, onde em caracteres chineses se desenrolavam sentenças do livro sagrado de Li-Nun "sobre os deveres das esposas". Mas nenhum de nós percebia o chinês... E no silêncio os nossos beijos recomeçavam, espaçados, soando docemente, e comparáveis (na língua florida daqueles países) a pérolas que caem uma a uma sobre uma bacia de prata... — Ó suaves sestas dos jardins de Pequim, onde estais vós? Onde estais, folhas mortas dos lírios escarlates do Japão!...

Uma manhã, Camilloff, entrando na chancelaria onde eu fumava o cachimbo de amizade de companhia com Meriskoff, atirou o seu enorme sabre para um canapé, e contou-nos radiante as notícias que lhe dera o penetrante príncipe Tong. Descobrira-se enfim que um opulento mandarim, de nome Ti-Chin-Fu, vivera outrora nos confins da Mongólia, na vila de Tien-Hó! Tinha morrido subitamente; e a sua larga descendência residia lá, em miséria, num casebre vil...

Esta descoberta, é certo, não fora devida à sagacidade da burocracia imperial — mas fizera-a um astrólogo do tempo de Faqua, que durante vinte noites folheara no céu o luminoso arquivo dos astros...

— Teodoro, há-de ser o seu homem! — exclamou Camilloff.

E Meriskoff repetiu, sacudindo a cinza do cachimbo:

— Há-de ser o seu homem, Teodoro!

— O meu homem... — murmurei sombriamente.

Era talvez o *meu homem*, sim! Mas não me seduzia ir procurar o *meu homem* ou a sua família, na monotonia duma caravana, por essas desoladas extremidades da China!... Depois, desde que chegara a Pequim, eu não tornara a avistar a forma odiosa de Tin-Chin-Fu e do seu papagaio. A consciência era dentro em mim como uma pomba adormecida. Certamente o alto esforço de me ter arrancado às doçuras do *boulevard* e do Loreto, de ter sulcado os mares até ao Império do Meio, parecera à Eterna Eqüidade uma expiação suficiente e uma peregrinação reparadora. Certamente Ti-Chin-Fu, acalmado, recolhera-se com o seu papagaio à sempiterna Imobilidade... Para que iria eu, pois, a Tien-Hó? Por que não ficaria ali, naquele amável Pequim, comendo nenúfares em calda de açúcar, abandonando-me às sonolências amorosas do *Repouso Discreto,* e pelas tardes azuladas, dando o meu passeio pelo braço do bom Meriskoff, nos terraços de jaspe da Purificação ou sob os cedros do Templo do Céu?...

Mas já o zeloso Camilloff, de lápis na mão, ia marcando no mapa o meu itinerário para Tien-Hó! E mostrando-me, num desagradável entrelaçamento, sombras de montes, linhas tortuosas de rios, esfumados de lagoas:

— Aqui está! O meu hóspede sobe até Ni-ku-hé, na margem do Pei-Hó... Daí, em barcos chatos, vai a My-yun. Boa cidade, há lá um Buda vivo... Daí, a cavalo, segue até à fortaleza de Ché-hia. Passa a grande muralha, famoso espetáculo!... Descansa no forte de Ku-pi-hó. Pode lá caçar a gazela. Soberbas gazelas... E com dois dias de caminhada está em Tien-Hó... Brilhante, hem?... Quando quer partir? Amanhã?...

— Amanhã — rosnei, tristonho.

Pobre generala! Nessa noite, enquanto Meriskoff, ao fundo da sala, fazia com três oficiais da embaixada o seu *whist* sacramental; e Camilloff, ao canto do sofá, de braços cruzados, solene como numa poltrona do Congresso de Viena, dormia de boca aberta — ela sentou-se ao piano. Eu ao lado, na atitude dum Lara, devastado pela fatalidade, retorcia lugubremente o bigode. E a doce criatura, entre dois gemidos do teclado, duma saudade penetrante, cantou revirando para mim os seus olhos rebrilhantes e úmidos:

L'oiseau s'envole,
Là bas, là bas!...
L'oiseau s'envole...
Ne revient pas...

— A ave há-de voltar ao ninho — murmurei eu enternecido.

E, afastando-me a esconder uma lágrima, ia resmungando furioso:

— Canalha de Ti-Chin-Fu! Por tua causa! Velho malandro! Velho garoto!...

Ao outro dia lá vou para Tien-Hó — com o respeitoso intérprete Sá-Tó, uma longa fila de carretas, dois cossacos, toda uma populaça de cólis.

Ao deixar a muralha da cidade tártara, seguimos muito tempo ao comprido dos jardins sagrados que orlam o templo de Confúcio.

Era no fim do Outono; já as folhas tinham amarelecido; uma doçura tocante errava no ar...

Dos quiosques santos saía uma sussurração de cânticos, de nota monótona e triste. Pelos terraços, enormes serpentes, venerandas como deuses, iam-se arrastando, já entorpecidas da friagem. E aqui e além, ao passar, avistávamos budistas decrépitos, secos como pergaminhos e nodosos como raízes, encruzados no chão sob os sicômoros, numa imobilidade de ídolos, contemplando incessantemente o umbigo, à espera da perfeição do Nirvana...

E eu ia pensando, com uma tristeza tão pálida como aquele mesmo céu de Outubro asiático, nas duas lágrimas redondinhas que vira brilhar, à despedida, nos olhos verdes da generala!...

VI

Já a tarde declinava, e o Sol descia vermelho como um escudo de metal candente, quando chegamos a Tien-Hó.

As muralhas negras da vila erguem-se, do lado do sul, ao pé duma torrente que ruge entre rochas, para o nascente, a planície lívida e poeirenta estende-se até a um grupo escuro de colinas onde branqueja um vasto edifício — que é uma Missão Católica. E para além, para o extremo norte são as eternas montanhas roxas da Mongólia, suspensas sempre no ar como nuvens.

Alojamo-nos num barracão fétido, intitulado *Estalagem da Consolação Terrestre.* Foi-me reservado o quarto nobre, que abria sobre uma galeria fixada em estacas; era ornado estranhamente de dragões de papel recortado, suspensos por cordéis do travejamento do teto; à menor aragem aquela legião de monstros fabulosos oscilava em cadência, com um rumor seco de folhagem, como tomada de vida sobrenatural e grotesca.

Antes que escurecesse fui ver com Sá-Tó a vila; mas bem depressa fugi ao fedor abominável das vielas; tudo se me afigurou ser negro — os casebres, o chão barrento, os enxurros, os cães famintos, a populaça abjeta... Recolhi ao albergue — onde arrieiros mongóis e crianças piolhosas me miravam com assombro.

— Toda esta gente me parece suspeita, Sá-Tó — disse eu, franzindo a testa.

— Tem Vossa Honra razão. É uma ralé! Mas não há perigo; eu matei, antes de partirmos, um galo negro, e a deusa Kaonine deve estar contente. Pode Vossa Honra dormir ao abrigo dos maus espíritos... Quer Vossa Honra o chá?...

— Traz, Sá-Tó.

Bebido o chá, conversamos do *grande plano*: na manhã seguinte eu ia levar a alegria à triste choupana da viúva de Ti-Chin-Fu, anunciando-lhe os milhões que lhe dava, depositados já em Pequim; depois, de acordo com o mandarim governador, faríamos uma copiosa distribuição de arroz pela populaça; e à noite iluminações, danças, como numa gala pública...

— Que te parece, Sá-Tó?

— Nos lábios de Vossa Honra habita a sabedoria de Confúcio... Vai ser grande! Vai ser grande!

Como vinha cansado, bem cedo comecei a bocejar, e estirei-me sobre o estrado de tijolo aquecido que serve de leito nas estalagens da China; enrolado na minha peliça, fiz o sinal da cruz, e adormeci pensando nos braços brancos da generala, nos seus olhos verdes de sereia...

Era talvez já meia-noite quando despertei a um rumor lento e surdo que envolvia o barracão — como de forte vento num arvoredo, ou uma maresia grossa batendo um paredão. Pela galeria aberta, o luar entrava no quarto, um luar triste de Outono asiático, dando aos dragões suspensos do teto formas, semelhanças quiméricas...

Ergui-me, já nervoso — quando um vulto, alto e inquieto, apareceu na faixa luminosa do luar...

— Sou eu, Vossa Honra! — murmurou a voz apavorada de Sá-Tó.

E logo, agachando-se ao pé de mim, contou-me num fluxo de palavras roucas a sua aflição — enquanto eu dormia espalhara-se pela vila que um estrangeiro, o *Diabo estrangeiro,* chegara com bagagens carregadas de tesouros... Já desde o começo da noite ele tinha entrevisto faces agudas, de olhos voraz, rondando o barracão, como chacais impacientes... E ordenara logo aos cólis que entrincheirassem a porta com os carros das bagagens, formados em semicírculo à velha maneira tártara... Mas pouco a pouco a malta crescera... Agora vinha de espreitar por um postigo; e era em roda da estalagem toda a populaça de Tien-Hó, rosnando sinistramente... A deusa Kaonine não se satisfizera com o sangue do galo preto!... Além disso ele vira à porta dum pagode uma cabra negra recuar!... A noite seria de terrores!... E a sua pobre mulher, o osso do seu osso, que estava tão longe, em Pequim...

— E agora, Sá-Tó? — perguntei eu.

— Agora... Vossa Honra, agora...

Calou-se; e a sua magra figura tremia, acaçapada como um cão que se roja sob o açoite.

Eu afastei o cobarde, e adiantei-me para a galeria. Embaixo, o muro fronteiro, coberto dum alpendre, projetava uma funda sombra. Aí com efeito estava uma turba negra apinha-da. Às vezes uma figura, rastejando, adiantava-se no espaço alumiado, espreitava, farejava as carretas, e sentindo a Lua sobre a face, recuava vivamente, fundindo-se na escuridão; e como o teto do alpendre era baixo, faiscava um momento à luz algum ferro de lança inclinada...

— Que querem vocês, canalha? — bradei eu em português.

A esta voz estrangeira um grunhido saiu da treva; imedia-tamente uma pedra veio ao meu lado furar o papel encerado da gelosia; depois uma flecha silvou, cravou-se por cima da minha cabeça, num barrote...

Desci rapidamente à cozinha da estalagem. Os meus cólis, acocorados sobre os calcanhares, batiam o queixo num terror; e os dois cossacos que me acompanhavam, impassíveis à larei-ra, cachimbavam, com o sabre nu nos joelhos.

O velho estalajadeiro de óculos, uma avó andrajosa que eu vira no pátio deitando ao ar um papagaio de papel, os arrieiros mongóis, as crianças piolhosas, esses tinham desaparecido; só ficara um velho, bêbedo de ópio, caído a um canto como um fardo. Fora ouvia-se já a multidão vociferar.

Interpelei então Sá-Tó, que quase desmaiava, arrimado a uma viga; nós estávamos sem armas; os dois cossacos, sós, não podiam repelir o assalto; era necessário pois ir acordar o manda-rim governador, revelar-lhe que eu era um amigo de Camilloff, um conviva do príncipe Tong, intimá-lo a que viesse disper-sar a turba, manter a lei santa da hospitalidade!...

Mas Sá-Tó confessou-me, numa voz débil como um sopro, que o governador decerto é quem estava dirigindo o assalto!

Desde as autoridades até aos mendigos, a fama da minha riqueza, a legenda das carretas carregadas de ouro inflamara todos os apetites!... A prudência ordenava, como um mandamento santo, que abandonássemos parte dos tesouros, mulas, caixas de comestíveis...

— E ficar aqui, nesta aldeia maldita, sem camisas, sem dinheiro e sem mantimentos?...

— Mas com a rica vida, Vossa Honra.

Cedi. E ordenei a Sá-Tó que fosse propor à turba uma copiosa distribuição de sapeques — se ela consentisse em recolher aos seus casebres, e respeitar em nós os hóspedes enviados por Buda...

Sá-Tó subiu à sacada da galeria, a tremer; e rompeu logo a arengar à malta, bracejando, atirando as palavras com a violência dum cão que ladra. Eu abrira já uma maleta, e ia-lhe passando cartuchos, sacos de sapeques — que ele arremessava aos punhados com um gesto de semeador... Embaixo havia por momentos um tumulto furioso ao chover dos metais; depois um lento suspiro de gula satisfeita; e logo um silêncio, numa suspensão *de quem espera mais...*

— Mais! — murmurava Sá-Tó, voltando-se para mim ansioso.

Eu, indignado, lá lhe dava outros cartuchos, mais rolos, molhos de moedas de meio real enfiadas em cordéis... Já a maleta estava vazia. A turba rugia, insaciada.

— Mais, Vossa Honra! — suplicou Sá-Tó.

— Não tenho mais, criatura! O resto está em Pequim!

— Oh! Buda Santo! Perdidos! Perdidos! — exclamou Sá-Tó, abatendo-se sobre os joelhos.

A populaça, calada, esperava ainda. De repente, uma ululação selvagem rasgou o ar. E eu senti aquela massa ávida arremessar-se sobre as carretas que defendiam a porta em semicírculo; ao choque todo o madeiramento da *Estalagem da Consolação Terrestre* rangeu e oscilou...

Corri à varanda. Embaixo era um tropel desesperado em torno dos carros derrubados; os machados reluziam caindo sobre a tampa dos caixotes; o couro das malas abria-se fendido à faca por mãos inumeráveis; no alpendre, os cossacos debatiam-se, aos urros, sob o cutelo. Apesar da Lua, eu via em roda do barracão errarem tochas, numa dispersão de fagulhas; um alarido rouco elevava-se, fazendo ao longe uivar os cães; e de todas as vielas desembocava, corria populaça, sombras ligeiras, agitando chuços e foices recurvas...

Subitamente, na loja térrea, ouvi o tumulto da turba que a invadia pelas portas despedaçadas; decerto me procuravam, supondo que eu teria comigo o melhor do tesouro, pedras preciosas ou ouros... O terror desvairou-me. Corri a uma grade de bambus para o lado do pátio. Demoli-a, saltei sobre uma camada de mato grosso, num cheiro acre de imundícies. O meu pônei, preso a uma trave, relinchava, puxando furiosamente o cabresto; arremessei-me sobre ele, empolguei-lhe as crinas...

Nesse momento, do portão da cozinha arrombada rompia uma horda com lanternas, lanças, num clamor de delírio. O pônei, espantado, salta um regueiro; uma flecha silva a meu lado; depois um tijolo bate-me no ombro, outro nos rins, outro na anca do pônei, outro mais grosso rasga-me a orelha! Agarrado desesperadamente às crinas, arquejando, com a língua de fora, o sangue a gotejar da orelha, vou despedido numa desfilada furiosa ao longo duma rua negra... De repente vejo diante de mim a muralha, um bastião, a porta da vila fechada!

Então, alucinado, sentindo atrás rugir a turba, abandonado de todo o socorro humano — *precisei de Deus!* Acreditei nele, gritei-lhe que me salvasse; e o meu espírito ia tumultuosamente arrebatando, para lhe oferecer, fragmentos de orações, de *salve-rainhas*, que ainda me jaziam no fundo da memória... Voltei-me sobre a anca do potro; duma esquina ao longe surgiu um fogacho de tochas, era a corja!... Larguei de golpe ao comprido da alta muralha que corria ao meu lado como uma vasta fita negra furiosamente desenrolada; de súbito avisto uma brecha, um boqueirão eriçado de esgalhos de sarças, e fora a planície que sob a Lua parecia como uma vasta água dormente! Lancei-me para lá, desesperadamente, sacudido aos galões do potro... E muito tempo galopei no descampado.

De repente o pônei, eu, rolamos com um baque surdo. Era uma lagoa. Entrou-me pela boca água pútrida, e os pés enlaçaram-se-me nas raízes moles dos nenúfares... Quando me ergui, me firmei no solo — vi o pônei, correndo, muito longe, como uma sombra, com os estribos ao vento...

Então comecei a caminhar por aquela solidão, enterrando-me nas terras lodosas, cortando através do mato espinhoso. O sangue da orelha ia-me pingando sobre o ombro; à frialdade agreste, o fato encharcado regelava-me sobre a pele; e por vezes, na sombra, parecia-me ver luzir olhos de feras.

Enfim, encontrei um recinto de pedras soltas onde jazia, sob um arbusto negro, um daqueles montões de esquifes amarelos que os chineses abandonam nos campos, e onde apodrecem corpos. Abati-me sobre um caixão, prostrado; mas um cheiro abominável pesava no ar; e ao apoiar-me sentia o viscoso dum líquido que escorria pelas fendas das tábuas... Quis fugir. Mas os joelhos negavam-se, tremiam-me; e árvores, rochas, ervas altas, todo o horizonte começou a girar em torno de mim como um disco muito rápido. Faíscas sanguíneas vibravam-me diante dos olhos; e senti-me como caindo de muito alto, devagar, à maneira duma pena que desce...

Quando recuperei a consciência estava estirado num banco de pedra, no pátio dum vasto edifício semelhante a um convento, que um alto silêncio envolvia. Dois padres lazaristas lavavam-me devagar a orelha. Um ar fresco circulava; a roldana dum poço rangia lentamente; um sino tocava a matinas. Ergui os olhos, avistei uma fachada branca com janelinhas gradeadas e uma cruz no topo; então, vendo naquela paz de claustro católico como um recanto da pátria recuperada, o abrigo e a consolação, rolaram-me das pálpebras duas lágrimas mudas.

VII

De madrugada, dois padres lazaristas dirigindo-se a Tien-Hó, tinham-me encontrado desmaiado no caminho. E, como disse o alegre padre Loriot, "era já tempo"; porque em redor do meu corpo imóvel, um negro semicírculo desses grossos e soturnos corvos da Tartária, já me estava contemplando com gula...

Trouxeram-me sem demora para o convento numa padiola — e grande foi o regozijo da comunidade quando soube que eu era um latino, um cristão e um súdito dos Reis Fidelíssimos. O convento forma ali o centro dum pequeno burgo católico, apinhado em torno da maciça residência como uma casaria de servos à base dum castelo feudal. Existe desde os primeiros missionários que percorreram a Manchúria. Porque nós estamos aqui nos confins da China; para além já é a Mongólia, a Terra das Ervas, imenso prado verde-escuro, lezírias sem fim, colorido aqui e além do vivo das flores silvestres...

Aí jaz a vasta planície dos nômadas. Da minha janela eu via negrejar os círculos de tendas cobertas de feltro, ou de peles de carneiro; e por vezes assistia à partida duma tribo, em filas de longas caravanas, levando os seus rebanhos para o Oeste...

O Superior lazarista era o excelente padre Giulio. A longa permanência entre as raças amarelas tornara-o quase um chinês; quando eu o encontrava no claustro com a sua túnica roxa, o rabicho longo, a barba venerável, agitando devagar um enorme leque — parecia-me algum sábio letrado mandarim comentando mentalmente, na paz de um templo, o livro sacro de Chu. Era um santo, mas o cheiro de alho que exalava — afastaria as almas mais doloridas e precisadas de consolação.

Conservo suave a memória dos dias ali passados! O meu quarto, caiado de branco, com uma cruz negra, tinha um recolhimento de cela. Acordava sempre ao toque de matinas. Em respeito aos velhos missionários, vinha ouvir a missa à capela; e enternecia-me, ali, tão longe da pátria católica, naquelas terras mongólicas, ver à clara luz da manhã a casula do padre, com a sua cruz bordada, curvando-se diante do altar, e sentir ciciar no fresco silêncio — os *Dominus vobiscum* e os *cum spiritu tuo...*

De tarde ia à escola, admirar os pequenos chineses declinando *Hora, Horae...* E depois do refeitório, passeando no claustro, escutava histórias de longínquas missões, de viagens apostólicas ao *País das Ervagens*, as prisões suportadas, as marchas, os perigos, as crônicas heróicas da Fé...

Eu por mim não contei no convento as minhas aventuras fantásticas; dei-me como um turista curioso, tomando apontamentos pelo Universo. E esperando que a minha orelha cicatrizasse, abandonava-me, numa lassidão de alma, àquela paz de mosteiro...

Mas estava decidido a deixar bem depressa a China, esse império bárbaro que eu odiava agora prodigiosamente!

Quando me punha a pensar que viera desde os confins do Ocidente para trazer a uma província chinesa a abundância dos meus milhões, e que apenas lá chegara fora logo saqueado, apedrejado, frechado — enchia-me um rancor surdo, gastava horas agitando-me pelo quarto, a revolver coisas feras que tentaria para me vingar do Império do Meio!

Retirar-me com os meus milhões era a desforra mais prática, mais fácil! Demais, a minha idéia de ressuscitar artificialmente, para bem da China, a personalidade de Ti-Chin-Fu, parecia-me agora absurda, de uma insensatez de sonho. Eu não compreendia a língua, nem os costumes, nem os ritos, nem as leis, nem os sábios daquela raça; que vinha pois fazer ali senão expor-me, pelo aparato da minha riqueza, aos assaltos dum povo que há quarenta e quatro séculos é pirata nos mares e traz as terras varridas de rapina?...

Além disso, Ti-Chin-Fu e o seu papagaio continuavam invisíveis, remontados de certo ao Céu chinês dos Avós, e já o aplacamento do remorso visível diminuíra em mim singularmente o desejo da expiação.

Sem dúvida o velho letrado estava fatigado de deixar essas regiões inefáveis para se vir estirar pelos meus móveis. Vira os meus esforços, o meu desejo de ser útil à sua prole, à sua província, à sua raça — e, satisfeito, acomodara-se regaladamente para a sua sesta eterna. Eu nunca mais avistaria a sua pança amarela!...

E então mordia-me o apetite de me achar já tranqüilo e livre, no pacífico gozo do meu ouro, ao Loreto ou no *boulevard,* sorvendo o mel às flores da civilização...

Mas a viúva de Ti-Chin-Fu, as mimosas senhoras da sua descendência, os netos pequeninos?... Iria eu deixá-los barbaramente, na fome e no frio, pelas vielas negras de Tien-Hó? Não. Esses não eram culpados das pedradas que me atirara a populaça. E eu, cristão, asilado num convento cristão, tendo à cabeceira da cama o Evangelho, cercado de existências que eram encarnações de Caridade — não podia partir do Império sem restituir àqueles que despojara, a abundância, esse conforto honesto que recomenda o Clássico da Piedade Filial...

Então escrevi a Camilloff. Contava-lhe a minha abjeta fuga, sob as pedras da turba chinesa; o abrigo cristão que me dera a missão; o vivaz desejo de partir do Império do Meio. Pedialhe que remetesse ele à viúva de Ti-Chin-Fu os milhões depositados por mim em casa do mercador Tsing-Fó, na Avenida de Chá-Coua, ao lado do arco triunfal de Tong, junto ao templo da deusa Kaonine.

O alegre padre Loriot, que ia a Pequim em missão, levou esta carta, que eu lacrara com o selo do convento — uma cruz saindo dum coração em chamas...

Os dias passaram. As primeiras neves alvejaram nas montanhas setentrionais da Manchúria, e eu ocupava-me a caçar a gazela pela Terra das Ervas... Horas enérgicas e fortemente vividas, as dessas manhãs, quando eu largava à desfilada, no grande ar agreste da planície, entre os monteadores mongólicos que, com um grito ululado e vibrante, batiam o matagal à lançada! Por vezes, uma gazela saltava, e, de orelha baixa, estirada e fina, partia no fio do vento... Soltávamos o falcão que voava sobre ela, de asa serena, dando-lhe a espaços regulares, com toda a força do bico recurvo, uma picada viva no crânio. E íamo-la abater, por fim, à beira de alguma água morta, coberta de nenúfares... Então os cães negros da Tartária amontoavam-se-lhe sobre o ventre, e, com as patas no sangue, iam-lhe, a ponta de dente, desfiando devagar as entranhas...

Uma manhã o leigo da portaria avistou enfim o alegre padre Loriot, galgando à lufa-lufa pelo caminho íngreme do burgo, de volta de Pequim, com a sua mochila ao ombro e uma criancinha nos braços; tinha-a encontrado abandonada, nuazinha, morrendo à beira dum caminho; batizara-a logo num regato com o nome de *Bem-Achado*; e ali a trazia, todo enternecido, arquejando de tanto que estugara o passo, para dar depressa à criaturinha esfomeada o bom leite da cabra do convento...

Depois de abraçar os religiosos, de enxugar as grossas bagas de suor, tirou da algibeira dos calções um envelope com o selo da águia russa:

— É isto que manda o papa Camilloff, amigo Teodoro. Ficou ótimo. E a senhora também... Tudo rijo.

Corri a um recanto do claustro a ler as duas folhas de prosa. Meu bom Camilloff, de calva severa e olho de mocho!

Como ele aliava tão originalmente ao senso fino dum hábil de Chancelaria as caturrices picarescas de diplomata bufo! A carta dizia assim:

Amigo, hóspede, e caríssimo Teodoro:

"Às primeiras linhas da sua carta ficamos consternados! Mas logo as seguintes nos deram um grato alívio, por nos certificar que estava com esses santos padres da Missão cristã... Eu parti para o Iamém imperial a fazer uma severa reclamação ao príncipe Tong, sobre o escândalo de Tien-Hó. Sua Excelência mostrou um júbilo desordenado! Porque, se lamenta como particular a ofensa, o roubo e as pedradas que o meu hóspede sofreu, como ministro do Império vê aí a doce oportunidade de extorquir à vila de Tien-Hó, em multa, em castigo da injúria feita a um estrangeiro, a vantajosa soma de trezentos mil francos, ou, segundo os cálculos do nosso sagaz Meriskoff cinqüenta e quatro contos de réis na moeda do seu belo país! É, como disse Meriskoff um excelente resultado para o Erário imperial, e fica assim a sua orelha copiosamente vingada... Aqui, começam a picar os primeiros frios, e já estamos usando peles. O bom Meriskoff lá vai sofrendo do fígado, mas a dor não lhe altera o critério filosófico nem a sábia verbosidade... Tivemos um grande desgosto: o lindo cãozinho da boa Madame Tagarieff, a esposa do nosso amado secretário, o adorável Tu-tu desapareceu na manhã de 15... Fiz, na Polícia, instâncias urgentes, mas o Tu-tu não nos foi restituído — e o sentimento é tanto maior, quanto é sabido que a populaça de Pequim aprecia extremamente esses cãezinhos, guisados em calda de açúcar... Deu-se aqui um fato abominável e de conseqüências

*funestas: a ministra de França, essa petulante Madame Grijon,
esse galho seco (como diz o nosso Meriskoff), no último jantar
da Legação, deu, em desprezo de todas as regras internacionais, o
braço, o seu descarnado braço, e a sua direita à mesa a um simples adido inglês, lord Gordon! Que me diz a isto? É crível! É
racional? É destruir a ordem social! O braço, a direita, a um
adido, um escocês cor de tijolo, de vidro entalado no olho, quando havia presentes todos os embaixadores, os ministros, e eu! Isto
tem causado, no corpo diplomático, uma sensação inenarrável...
Esperamos instruções dos nossos Governos. Como diz Meriskoff
oscilando tristemente a cabeça — é grave... é muito grave! — O
que prova (e ninguém o duvida) que lord Gordon é o benjamim
do galho seco. Que podridão! Que lodo... A generala não tem
passado bem desde a sua partida para a malfadada Tien-Hó; o
doutor Pagloff não lhe percebe o mal; é uma languidez, um mur-
char, uma saudosa indolência que a conserva horas e horas imóvel sobre o sofá; no Pavilhão do Repouso Discreto, com o olhar
vago e o lábio cheio de suspiros... Eu não me iludo: sei perfeita-
mente o que a mina: é a desgraçada doença de bexiga, que lhe
veio das más águas, quando estivemos na Legação de Madrid...
Seja feita a vontade do Senhor!... Ela pede-me para lhe mandar
un petit bonjour, e deseja que o meu hóspede apenas chegue a
Paris, se for a Paris, lhe remeta pela mala da Embaixada para
Sampetersburgo (daí virá a Pequim), duas dúzias de luvas de
doze botões, número cinco e três quartos, da marca Sol, dos ar-
mazéns do Louvre; assim como os últimos romances de Zola,
Mademoiselle de Maupin, de Gautier, e uma caixa de frascos
de Opoponax. Esquecia-me dizer-lhe que mudamos de padeiro;*

*fornecemo-nos agora na padaria da Embaixada inglesa; deixa-
mos a da Embaixada francesa, para não ter comunicações com o
galho seco... Aí estão os inconvenientes de não termos aqui na
Embaixada russa uma padaria — apesar de tantos relatórios,
tantas reclamações que, sobre esse ponto, tenho feito para a Chancelaria de Sampetersburgo! Eles sabem bem que em Pequim não
há padarias, que cada Legação tem a sua própria, como um elemento de instalação e de influência. Mas quê! Na Corte Imperial
desatendem-se os mais sérios interesses da civilização russa!... Creio
que é tudo o que há de novo em Pequim e nas Legações. Meriskoff
recomenda-se, e todos desta Embaixada; e também o condezinho
Artur, o Zizi da Legação espanhola, o Focinho Caído, e o Lulu;
enfim todos; eu mais que ninguém, que me assino com saudade e
afeição*

General Camilloff."

"*P.S. Enquanto à viúva e família de Ti-Chin-Fu, houve um
engano, o astrólogo do templo de Faqua equivocou-se na interpre-
tação sideral, não é realmente em Tien-Hó que reside essa família... É ao sul da China, na província de Cantão. Mas também
há uma família Ti-Chin-Fu para além da Grande Muralha,
quase na fronteira russa, no distrito de Ka-ó-li. A ambas morreu
o chefe, a ambas assaltou a pobreza... Portanto, esperando novas
ordens, não levantei os dinheiros da casa de Tsing-Fó. Esta recen-
te informação mandou-ma hoje Sua Excelência o príncipe Tong,
com uma deliciosa compota de calombro... Devo anunciar-lhe
que o nosso bom Sá-Tó aqui apareceu, de volta de Tien-Hó, com*

um beiço rachado e leves contusões no ombro, tendo apenas salvado da bagagem saqueada uma litografia de Nossa Senhora das Dores, que, pela inscrição a tinta, vejo que pertencera a sua respeitável mamã... Os meus valentes cossacos, esses, lá ficaram numa poça de sangue. Sua Excelência o príncipe Tong condescende em mos pagar a dez mil francos cada um, das somas extorquidas à vila de Tien-Hó... Sá-Tó diz-me que se o meu hóspede, como é natural, recomeçar as suas viagens através do Império em busca dos Ti-Chin-Fu — ele considerar-se-ia honrado e venturoso em o acompanhar, com uma fidelidade canina e uma docilidade cossaca...

Camilloff."

— Não! nunca! — rugi com furor, amarrotando a carta, monologando a largas passadas pelo melancólico claustro.

— Não, por Deus ou pelo Demônio! Ir de novo bater as estradas da China? Jamais! Oh sorte grotesca e desastrosa! Deixo os meus regalos ao Loreto, o meu ninho amoroso de Paris, venho rolado pela vaga enjoadora de Marselha a Xangai, sofro as pulgas das bateiras chinesas, o fedor das vielas, a poeirada dos caminhos áridos — e para quê? Tinha um plano, que se erguia até aos Céus, grandioso e ornamentado como um troféu; por sobre ele cintilavam, de alto a baixo, toda a sorte de ações boas; e eis que o vejo tombar ao chão, peça a peça, numa ruína! Queria dar o meu nome, os meus milhões, e metade do meu leito de ouro a uma senhora, Ti-Chin-Fu — e não mo permitem os prejuízos sociais duma raça bárbara! Pretendo, com o botão de cristal de mandarim, remodelar os destinos da China, trazer-lhe a prosperidade civil — e veda-mo a lei imperial! Aspiro a derramar uma esmola sem fim por esta populaça faminta — e corro o perigo ingrato de ser deca-pitado como instigador de rebeliões! Venho enriquecer uma vila — e a turba tumultuosa apedreja-me! Ia enfim dar a abun-dância, o conforto que louva Confúcio, à família Ti-Chin-Fu — e essa família some-se, evapora-se como um fumo, e outras famílias Ti-Chin-Fu surgem, aqui e além, vagamente, ao sul, a oeste, como clarões enganadores... E havia de ir a Cantão, a Ka-ó-li, expor a outra orelha a tijolos brutais, fugir ainda pe-los descampados, agarrado às crinas dum potro? Jamais!

Parei, e de braços erguidos, falando às arcadas do claustro, às árvores, ao ar silencioso e fino que me envolvia:

— Ti-Chin-Fu! — bradei — Ti-Chin-Fu! Para te aplacar, fiz o que era racional, generoso e lógico! Estás enfim satis-feito, letrado venerável, tu, o teu gentil papagaio, a tua pança oficial? Fala-me! Fala-me!...

Escutei, olhei; a roldana do poço, àquela hora do meio-dia, rangia devagar, no pátio; sob as amoreiras, ao longo da arcaria do claustro, secavam em papel de seda as folhas de chá da colheita de Outubro; da porta meio cerrada da aula vinha um sussurro lento de declinações latinas; era uma paz severa, feita da simplicidade das ocupações, da honestidade dos estudos, do ar pastoril daquela colina, onde dormia, sob um sol bran-co de Inverno, o burgo religioso. E com aquela serenidade ambiente, pareceu-me receber na alma, de repente, uma paci-ficação absoluta!

Acendi com os dedos ainda trêmulos um charuto, e disse, limpando na testa uma baga de suor, esta palavra, resumo dum destino:

— Bem, Ti-Chin-Fu está contente.

Fui logo à cela do excelente padre Giulio. Ele lia o seu Breviário à janela, debicando confeitos de açúcar, com o gato do convento no colo.

— Reverendíssimo, volto à Europa... Algum dos nossos bons padres vai por acaso em missão, para os lados de Xangai?

O venerável Superior pôs os seus óculos redondos, e folheando com unção um vasto registro em letra chinesa, ia assim murmurando:

— Quinto dia da décima Lua... Sim, há o padre Anacleto para Tientsin, para a novena dos Irmãos da Santa Creche. Duodécima Lua, o padre Sanchez para Tientsin também, para a Obra do Catequismo aos Órfãos... Sim, caro hóspede, tem companheiros para leste...

— Amanhã?

— Amanhã. É dolorosa a separação nestes confins do mundo, quando as almas se compreendem bem em Jesus... O nosso padre Gutierrez que lhe faça um bom farnel... Nós já o amávamos como irmão, Teodoro... Coma um confeito, são deliciosos... As coisas estão em feliz repouso quando se acham no seu lugar e elemento natural; o lugar do coração do homem é o coração de Deus; e o seu está nesse asilo seguro... Coma um confeito... Que é isso, meu filho, que é isso?

Eu estava colocando sobre o seu Breviário aberto, numa página do Evangelho de pobreza, um rolo de notas do *Banco de Inglaterra,* e balbuciei:

— Meu Reverendíssimo, para os seus pobres...

— Excelente, excelente... O nosso bom Gutierrez que lhe faça um farnel copioso... *Amen,* meu filho... *In Deo omnia spes!...*

Ao outro dia, entre o padre Anacleto e o padre Sanchez, montado na mula branca do convento, desci o burgo, ao re-pique dos sinos. E aí vamos para Hiang-Hiam, vila negra e murada, onde atracam os barcos que descem a Tientsin. Já as terras ao longo do Pei-Hó estavam todas brancas de neve; nas enseadas baixas já a água ia gelando; e embrulhados em peles de carneiro, em roda do fogareiro, à popa do barco, os bons padres e eu íamos conversando de trabalhos de missionários, de coisas da China, por vezes dos interesses do Céu — pas-sando em redor sem cessar o grosso frasco da genebra... Em Tientsin separei-me daqueles santos camaradas.

E daí a duas semanas, por um meio-dia de sol tépido, pas-seava, fumando o meu charuto e olhando a azáfama dos cais de Hong Kong, no tombadilho do *Java* que ia levantar ferro para a Europa.

Foi um momento comovente para mim, aquele em que vi, às primeiras voltas do hélice, afastar-se a terra da China.

Desde que acordara, nessa manhã, uma inquietação surda recomeçava a pesar-me na alma. Agora, punha-me a pensar que viera àquele vasto Império para acalmar pela expiação um protesto temeroso da Consciência; e por fim, impelido por uma impaciência nervosa, aí partia, sem ter feito mais que desonrar os bigodes brancos dum general heróico, e ter recebido pedradas pela orelha numa vila dos confins da Mongólia.

Estranho destino, o meu!...

Até ao anoitecer estive encostado sombriamente à borda do paquete, vendo o mar liso, como uma vasta peça de seda azul, dobrar-se aos lados em duas pregas moles; pouco a pouco grandes estrelas palpitaram na concavidade negra, e o hélice na sombra ia trabalhando em ritmo. Então, tomado duma fadiga mole, fui errando pelo paquete, olhando, aqui e além, a bússola alumiada; os montões de cabrestantes; as peças da máquina, numa claridade ardente, batendo em cadência; as fagulhas que fugiam do cano num rolo de fumaraça negra; os marinheiros de barba ruiva, imóveis à roda do leme; e as formas dos pilotos, sobre o pontal, altas e vagas na noite. Na cabina do capitão, um inglês de capacete de cortiça, cercado de damas que bebiam conhaque, ia tocando melancolicamente na flauta a ária de *Bonnie Dundee...*

Eram onze horas quando desci ao meu beliche. As luzes já estavam apagadas, mas a Lua que se erguia ao nível da água, redonda e branca, batia o vidro da cabina com um raio de claridade; e então, a essa meia-tinta pálida, lá vi estirada sobre a maca a figura pançuda, vestida de seda amarela, com o seu papagaio nos braços!

Era *ele,* outra vez!

E foi *ele,* perpetuamente! Foi ele em Singapura e em Ceilão. Foi ele erguendo-se dos areais do deserto ao passarmos no canal de Suez; adiantando-se à proa dum barco de provisões quando paramos em Malta; resvalando sobre as rosadas montanhas da Sicília; emergindo dos nevoeiros que cercam o morro de Gibraltar! Quando desembarquei em Lisboa, no cais das Colunas, a sua figura bojuda enchia todo o arco da Rua Augusta; o seu olho oblíquo fixava-me — e os dois olhos pintados do seu papagaio pareciam fixar-me também...

VIII

Então, certo que não poderia jamais aplacar Ti-Chin-Fu, toda essa noite no meu quarto ao Loreto, onde como outrora as velas inumeráveis das serpentinas davam aos damascos tons de sangue fresco, meditei sacudir de mim, como um adorno de pecado, esses milhões sobrenaturais. E assim me libertaria talvez daquela pança e daquele papagaio abominável!

Abandonei o palacete ao Loreto, a existência de nababo. Fui com uma quinzena coçada, realugar o meu quarto na casa da Madame Marques, e voltei à repartição, de espinhaço curvo, a implorar os meus vinte mil-réis mensais, e a minha doce pena de amanuense!...

Mas um sofrimento maior veio amargurar os meus dias. Julgando-me arruinado — todos aqueles, que a minha opulência humilhara, cobriram-me de ofensas, como se alastra de lixo uma estátua derrubada de príncipe decaído. Os jornais, num triunfo de ironia, achincalharam a minha miséria. A aristocracia, que balbuciara adulações aos pés do nababo, ordenava agora aos seus cocheiros que atropelassem nas ruas o corpo encolhido do plumitivo de secretaria. O clero, que eu enriquecera, acusava-me de *feiticeiro;* o povo atirou-me pedras; e a Madame Marques, quando eu me queixava humildemente da dureza granítica dos bifes — plantava as duas mãos à cinta, e gritava:

— Ora o enguiço! Então que quer você mais? Agüente! Olha o pelintra!...

E apesar desta expiação, o velho Ti-Chin-Fu lá estava sempre à minha ilharga, obeso e cor de oca — porque os seus milhões, que jaziam agora estéreis e intatos nos Bancos, ainda de fato eram meus! Desgraçadamente meus!

Então, indignado, um dia subitamente reentrei com estrondo no meu palacete e no meu luxo. Nessa noite, de novo o resplendor das minhas janelas alumiou o Loreto; e pelo portão aberto, viram-se como outrora negrejar, nas suas fardas de seda negra, as longas filas de lacaios decorativos.

Logo, Lisboa, sem hesitar, se rojou aos meus pés. A Madame Marques chamou-me, chorando, filho *do seu coração.* Os jornais deram-me os qualificativos que, de antiga tradição, pertencem à Divindade; fui o *Onipotente,* fui o *Onisciente!* A aristocracia beijou-me os dedos como a um tirano, e o clero incensou-me como a um ídolo. E o meu desprezo pela Humanidade foi tão largo — que se estendeu ao Deus que a criou.

Desde então uma saciedade enervante mantém-me semanas inteiras num sofá mudo e soturno, pensando na felicidade do *não-ser...*

Uma noite, recolhendo só por uma rua deserta, vi diante de mim o personagem vestido de preto com o guarda-chuva debaixo do braço, o mesmo que no meu quarto feliz da Travessa da Conceição me fizera, a um tlintlim de campainha, herdar tantos milhões detestáveis. Corri para ele, agarrei-me às abas da sua sobrecasaca burguesa, bradei:

— Livra-me das minhas riquezas! Ressuscita o mandarim! Restitui-me a paz da Miséria!

Ele passou gravemente o seu guarda-chuva para debaixo do outro braço, e respondeu com bondade:

— Não pode ser, meu prezado Senhor, não pode ser...

Eu atirei-me aos seus pés numa suplicação abjeta: mas só vi diante de mim, sob uma luz mortiça de gás, a forma magra de um cão farejando o lixo.

Nunca mais encontrei este indivíduo. E agora o mundo parece-me um imenso montão de ruínas onde a minha alma solitária, como um exilado que erra por entre colunas tombadas, geme, sem descontinuar...

As flores dos meus aposentos murcham e ninguém as renova; toda a luz me parece uma tocha; e quando as minhas amantes vêm, na brancura dos seus penteadores, encostar-se ao meu leito, eu choro — como se avistasse a legião amortalhada das minhas alegrias defuntas...

Sinto-me morrer. Tenho o meu testamento feito. Nele lego os meus milhões ao Demônio; pertencem-lhe; ele que os reclame e que os reparta...

E a vós, homens, lego-vos apenas, sem comentários, estas palavras: *"Só sabe bem o pão que dia-a-dia ganham as nossas mãos; nunca mates o mandarim!"*

E todavia, ao expirar, consola-me prodigiosamente esta idéia: que do norte ao sul e do oeste a leste, desde a Grande Muralha da Tartária até às ondas do mar Amarelo, em todo o vasto Império da China, nenhum mandarim ficaria vivo, se tu, tão facilmente como eu, o pudesses suprimir e herdar-lhe os milhões, é leitor, criatura improvisada por Deus, obra má de má argila, meu semelhante e meu irmão!

Angers — junho de 1880.

COLEÇÃO LEITURA

Teresina e seus amigos – Antonio Candido, 76 págs.

Sobre a modernidade – Charles Baudelaire, 70 págs.

Os primeiros contos de três mestres da narrativa latino-americana – O besouro e a rosa – Mário de Andrade; São Marcos – Guimarães Rosa; A mulher que chegava às seis – Gabriel García Márquez, 80 págs.

O príncipe – N. Maquiavel, 156 págs.

Senhorita Else – Arthur Schnitzler, 110 págs.

Os dentes da galinha – Stephen Jay Gould, 83 págs.

Os assassinatos na rua Morgue / A carta roubada – Edgard Allan Poe, 91 págs.

O fantasma de Canterville / O príncipe feliz – Oscar Wilde, 69 págs.

Crônicas de Antônio Maria – Antônio Maria, 77 págs.

Um coração simples – Gustave Flaubert, 55 págs.

A filha do negociante de cavalos / A meia branca / Sol – D. H. Lawrence, 108 págs.

O Beagle na América do Sul – Charles Darwin, 72 págs.

Escola de Mulheres – Molière, 92 págs.

Camões: verso e prosa – Luís Vaz de Camões, 127 págs.

O mito do desenvolvimento econômico – Celso Furtado, 88 págs.

Cinema: Trajetória no subdesenvolvimento – Paulo Emílio Salles Gomes, 12 págs.

A Santa Joana dos Matadouros – Bertolt Brecht, tradução e ensaio: Roberto Schwarz, 189 págs.

A Revolução Francesa – Eric J. Hobsbawm, 57 págs.

Contos – Machado de Assis, 122 págs.

Na colônia penal – Kafka, 51 págs.

Macbeth – Shakespeare, 126 págs.

Uma história lamentável – Dostoievski, 101 págs.

O manifesto comunista – Karl Marx e Friedrich Engels, 67 págs.

A lição do mestre – Henry James, 120 págs.

Antígona – Sófocles, tradução: Millôr Fernandes, 69 págs.

Iracema – José de Alencar, 130 págs.

Pedro Páramo – Juan Rulfo, 162 págs.

O Príncipe – N. Maquiavel, 136 págs.

O conde de Gobineau no Brasil – Georges Raeders, 88 págs.

A arte da guerra – Sun Tzu, 128 págs.

Cinco contos – A Fuga; Je ne parle pas français; Senhorita Brill; A vida de mãe Parker; Tomada de hábito – Katherine Mansfield, 96 págs.

A dama das camélias – Alexandre Dumas, 132 págs.

Pedagogia da autonomia – Paulo Freire, 148 págs.

Profissão para mulheres; O status intelectual da mulher; Um toque feminino na ficção; Kew Gardens – Virginia Woolf, 52 págs.

Cartas a Che Guevara – O mundo trinta anos depois – Emir Sader, 84 págs.

Contos de Andersen – Hans Christian Andersen, 136 págs.

Na terra das fadas – Bruno Bettelheim, 102 págs.

O romance está morrendo? – Ferenc Fehér, 103 págs.

Enéias – Gustav Schwab, 115 págs.

Do pudor à aridez – Anne Vicent-Buffalt, 130 págs.

A mulher/ Os rapazes – Michel Foucault, 131 págs.

Cinco mulheres – Lima Barreto (org. Daniel Piza), 76 págs.

Peixinhos dourados – Raymond Chandler, 74 págs.

Cultura e Política – Roberto Schwarz, 187 págs.

Cultura e Psicanálise – Herbert Marcuse, org. Isabel Loureiro, 122 págs.

O cinema brasileiro moderno – Ismail Xavier, 146 págs.

Poemas – Augusto dos Anjos, seleção de Zenir Campos Reis, 115 págs.

À saída do teatro depois da apresentação de uma nova comédia e A Avenida Niésvski – Nikolai V. Gógol, seleção de textos de Arlete Cavaliere, 121 págs.

Textos filosóficos — Jean-Jacques Rousseau, tradução: Lúcia Pereira de Souza, seleção de textos: Patrícia Piozzi, 103 págs.

O despertar — Kate Chopin, tradução: Carmen Lúcia Foltran, 212 págs.

Juventude: uma narrativa e O parceiro secreto — Joseph Conrad, 120 págs.

IMPRESSÃO E ACABAMENTO:
YANGRAF Fone/Fax:
6198.1788